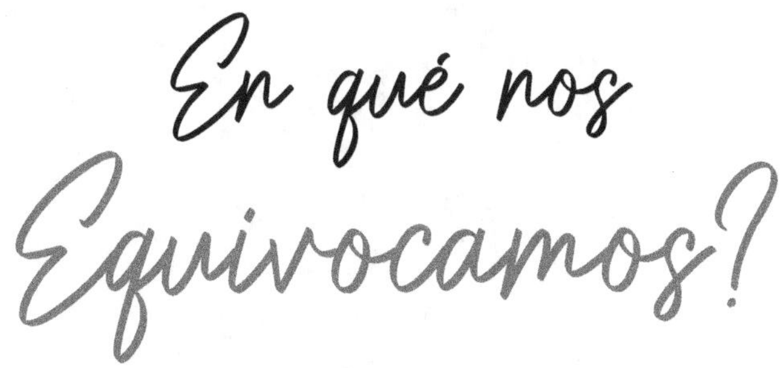

En qué nos Equivocamos?

Una pregunta sobre luchas,
conflictos y triunfos matrimoniales

ISBN-13   Paperback   978-1-967903-18-4
            eBook   978-1-967903-17-7

En qué nos Equivocamos?

Una pregunta sobre luchas, conflictos y triunfos matrimoniales

REV. DR. LORENZA JAMES

Prefacio

Dónde nos equivocamos?
Hacia dónde vamos?

Estas preguntas desafiantes a menudo se encuentran asociadas con parejas que experimentan dificultades en sus matrimonios. Antes de que el divorcio se convierta en la última palabra en sus relaciones, se anima a las parejas a examinar sus intereses, motivos, compromiso e inversión personal para determinar si sus matrimonios pueden restaurarse o mantenerse. El matrimonio es una institución sagrada de relación. Es ordenado por Dios y destinado a ser una conexión que une y une para toda la vida. Los hombres y mujeres que buscan compañeros de vida con quienes construir sus vidas deben saber y comprender que el matrimonio no es un proceso de construcción aislado. Hay familiares, amigos y conocidos amorosos y comprensivos que están dispuestos y disponibles para brindar apoyo y fomentar un desarrollo matrimonial positivo. La fortaleza y la debilidad, así como la durabilidad o el fracaso de los matrimonios, dependen de estos cuatro elementos: Comunicación, Finanzas, Sexo e Intimidad, y Familia y Amigos. A través de cada una de estas categorías, las parejas deben evaluar... uso adecuado de ellos para el éxito matrimonial. En qué nos equivocamos? Es renunciar una opción? Es cobardía quedarse? El divorcio brindará alivio? O traerá vacío y soledad? Las parejas deben decidir si sus relaciones y matrimonios valen la pena invertir el tiempo y la comprensión necesarios para responder íntimamente a la pregunta: "En qué nos equivocamos?"

Reconocimiento

Este libro está dedicado a las parejas casadas de todo el mundo que, después de enfrentar muchas oportunidades de abandonar sus relaciones, decidieron permanecer juntos, reparar sus rupturas y, con amor, resolver sus problemas, preocupaciones y decepciones.

A la Sra. Deborah Harris James, la mujer más hermosa y amorosa que pude haber elegido como esposa o que Dios me hubiera dado como compañera. Nuestro matrimonio nos ha acompañado a lo largo de 50 años de amor, desafíos y compromisos sinceros. Su aliento ha sido mi fuerza y motivación para esforzarme por alcanzar la excelencia y alcanzar mis metas.

Durante nuestros 50 años de matrimonio, Dios nos bendijo con cinco hijos excepcionales: Lorenza II (Atom, fallecida el 23 de diciembre de 2023), Michael, Rachael, Amy y Matthew. Ocho nietos: Lorenza III (Trey), Kieamber, Michael II, Makenna, Alexis, Matthew II (MB), Zoe y Paxton. Una bisnieta, Nairobi (Anna). Yerno: Jeremiah Brown.

Content

Introduction

"Matrimonio o Divorcio"

Hace cinco años, George Wilson se casó con Sandy Smith, la mujer a la que llamaba "el amor de mi vida". Su matrimonio comenzó felizmente. La alegría de su relación era pasar tiempo juntos. En cinco años de matrimonio, su hogar, su cama y su vida fueron ejemplos de una pareja que se expresaba amor. Sin embargo, después de cinco años de matrimonio comenzaron a distanciarse. Sus principales intereses ya no eran el uno en el otro. Su enfoque se había centrado en realizar actividades separadas con otras personas. No se dieron cuenta de cuán sutilmente sus vidas se alejaban la una de la otra. Sus movimientos se disfrazaron para dar cabida a intereses personales. Su relación se convirtió en una reunión aislada aquí, o un evento no programado allá. Debido a sus supuestos horarios cambiantes, salían de casa temprano por la mañana y regresaban tarde por la noche. Era sus acciones hacían evidente que se encaminaban hacia la separación. Pronto, sus momentos de ocio y sus momentos separados dieron paso a la divagar. Desafortunadamente, cuando se dieron cuenta de lo distante que se había vuelto su relación, ya era demasiado tarde para restaurar un matrimonio arruinado por el tiempo perdido y el amor no compartido. Debido a que la relación se había reducido a constantes discusiones, insultos y discusiones humillantes, el divorcio marcó el fin de esta prometedora relación matrimonial.

Esta mañana fue triste para George, quien se encontró despertando solo y solitario. Su amada esposa Sandy se había ido. Su espacio vacío en la cama lo hacía sentir peor. Cuando ella decidió dejar el matrimonio, su mundo se puso patas arriba. Su partida no fue una decisión impulsiva ni de último minuto. No fue una sorpresa repentina. George era consciente de que gran parte de la culpa de sus fracasos matrimoniales recaía sobre él. Fueron sus acciones, actitud y falta de consideración por los sentimientos, opiniones y aportaciones de Sandy en el matrimonio lo que la llevó a renunciar al matrimonio, hacer las maletas y dejar su hogar. Tal vez si él le hubiera dedicado más atención o elogiado sus esfuerzos por hacerlo feliz, ella habría estado dispuesta a quedarse y resolver las cosas. En cambio, se había ido. George se dio cuenta de que era debido a su egoísmo que Sandy se había ido. Se la había llevado a ella y a su relación por sentado.

Los problemas matrimoniales que invadieron su matrimonio de cinco años les causaron mucha consternación mientras luchaban por mantener el amor y el respeto en su relación. Una y otra vez, día tras día, por mucho que intentaran que las cosas funcionaran, sus esfuerzos solo les hacían la vida imposible. En lugar de compartir un amor que los hiciera felices y los uniera más, solo podían criticarse mutuamente. Esto provocó que su matrimonio, una vez lleno de amor, se derrumbara en nada más que emociones negativas, discordia, amargura y falta de confianza. Las acusaciones mutuas por la calamidad en la que se había convertido su matrimonio no solucionaron el problema emocional de su hogar. Cada uno tenía suficiente culpa como para cargar con la ruptura. George, siendo el hombre de su casa, podría haber asumido la responsabilidad de la disolución del matrimonio hasta el nivel y las condiciones en las que acordaron separarse. En cambio, desvió la atención de sí mismo y culpó a su esposa. Culpó a Sandy del desmoronamiento de la relación para que su actitud negativa y sus comportamientos disruptivos no se consideraran motivos de separación. The major problem in their marriage was that George lost interest in Sandy.

Se sentía atrapado en un matrimonio que ya no deseaba. Quería terminarlo. Salir de allí. Por lo tanto, empezó a maltratar a Sandy con pequeñas insensibilidades para molestarla y desviar su interés. hacia otra persona. Para su sorpresa, su plan funcionó quizás mejor y más rápido de lo esperado. Un día, cuando Sandy dejó su teléfono celular desatendido, George exploró sus mensajes de texto para ver con quién podía estar comunicándose. Encontró varios mensajes de texto sospechosos y muy personales. Su cálido y afectuoso cuidado por Sandy cambió cuando leyó los mensajes de uno de sus compañeros de trabajo masculinos. Su descubrimiento de la supuesta infidelidad de Sandy lo enfureció. También le hizo sentir inferior a quienquiera que fuera esta persona que le había robado la atención de su esposa. Qué le pasaba? Se preguntó a sí mismo. No había satisfecho su necesidad? Su inseguridad acumuló tanta rabia dentro de él que todo lo que quería hacer era lastimarla como él se sentía herido. Había olvidado que fue él quien inició este proceso de pérdida de amor cuando su interés en Sandy cambió y secretamente deseaba deshacerse de ella.

La información en su teléfono lo impactó. En lugar de hablar con Sandy sobre sus sospechas, comenzó a acusarla de engañarlo. Vivir con él se volvió intolerable para Sandy. Los persistentes esfuerzos de George por demostrar que Sandy la había engañado no le permitieron dar ninguna razón para los mensajes de texto en su teléfono. No ofreció ninguna explicación para esta violación marital. Ninguna explicación que ella dio eliminó su conclusión sobre ella siendo infiel. Por lo tanto, George usó sus sospechas como razones. acosar a Sandy mediante acusaciones, vigilancia e historias inventadas. Estas actividades manipuladoras se convirtieron en ataques personales diarios contra la persona de Sandy, la mujer a la que prometió amar y apoyar. Tras un período de soportar insultos, humillaciones y acusaciones, Sandy decidió dejar el matrimonio. Necesitaba paz. Necesitaba recuperar su autoestima.

Independientemente de las explicaciones que Sandy dio para asegurarle a George que sus acusaciones eran falsas, él nunca la creyó. Pensaba que Sandy, al ser una mujer casada, no debía tener ningún tipo de relación íntima, incluyendo mensajes de texto, con ningún hombre que no fuera su esposo. George creía que el hecho de que Sandy se refiriera a su compañera de trabajo como solo una amiga era una forma de encubrir lo que realmente estaban haciendo. Estaba convencido de que estar con esa otra persona significaba que ella le estaba engañando. Asumió fácilmente que Sandy usaba el mismo método que él para evitar que la atraparan engañándola. Su forma de encubrir sus aventuras con otras mujeres había sido llamarlas sus amigas. A pesar de todo, George continuó hablando y diciéndole palabras desagradables a Sandy. La insultaba con todo tipo de apodos autodestructivos, incluyendo palabras vulgares, profanas y de la jerga callejera para desmoralizarla. Aunque Sandy intentó quedarse en su casa porque valoraba estar casada, no pudo. Vivir en condiciones tan degradantes había dañado su autoestima. Después de que Sandy se hubiera aprovechado al máximo, decidió dejar a George. Mientras recogía algunas de sus pertenencias y ropa, George la amenazó con la palabra que ella creía que nunca formaría parte de su relación matrimonial: DIVORCIO! Le dijo que si se iba, nunca más pensara en volver a la casa ni en casarse.

El divorcio era lo que este matrimonio había llegado a ser. En este día de absolución, George tenía sentimientos encontrados. Impulsivamente, lo había pedido. Aun así, temía que su matrimonio hubiera llegado a esta decisión. El ruidoso sonido de su despertador lo despertó a la tristeza de este día. Mientras se vestía, las preguntas nublaban su pensamiento. ¿Era el divorcio lo que realmente quería o necesitaba? ¿Significaron algo los cinco años de matrimonio? ¿De verdad quiso decir esas palabras horribles y degradantes que le gritó a Sandy? ¿Qué pasó con la hermosa vida, el hogar y el prometedor futuro que se suponía que sería su matrimonio? Preguntas sin respuestas. Todo había cambiado. El amor se había convertido en arrepentimiento, la bondad en amargura, la paz en ira, y el matrimonio, siendo una unión sagrada, se había convertido en una relación indiferente. Todo había cambiado. Cinco años atrás, George y Sandy se presentaron ante Dios en el altar del matrimonio. La iglesia, repleta de numerosos testigos, los escuchó entre lágrimas jurar amarse hasta la muerte. Bueno, la muerte les llegó ese día. No es que ninguno de los dos estuviera físicamente... murió, mejor dicho, ese día su relación terminó. Su matrimonio murió. El divorcio ganó esta batalla, dejándolos con la única pregunta: "En qué nos equivocamos?".

UNA CUESTIÓN DE DIVORCIO

Dónde nos equivocamos? Esta pregunta ha atormentado a muchas parejas cuyos matrimonios amorosos pasaron de positivos a negativos y terminaron en divorcio. La decepción se convirtió en un eufemismo para muchas de estas parejas cuyas glamorosas imágenes de matrimonios no cumplieron con sus expectativas. Se encontraron participando en procedimientos de divorcio. Irónicamente, muchas parejas que entran en este compromiso matrimonial tienen amor, alegría, paz y felicidad como sus expectativas relacionales a largo plazo. Desafortunadamente, algunas parejas que sueñan con relaciones duraderas lamentablemente terminan en divorcio. Muchas razones contribuyen a que los matrimonios lleguen a esta decisión, incluyendo la infidelidad, los engaños, las mentiras y las traiciones. Tales decepciones de estas relaciones destrozadas a menudo dejan a las parejas preguntándose por qué las cosas no funcionaron. Por qué el amor que tanto buscaban y valoraban se evaporó como agua de sus corazones y se fue como hojas en el viento? Aunque algunas parejas, al disolver sus relaciones, intentan permanecer juntas o aferrarse a su matrimonio... por el bien de las apariencias, vivir con los dolores, las heridas y los arrepentimientos del amor no correspondido y los abrazos vacíos a menudo lleva las relaciones al divorcio.

El divorcio es una palabra vacilante llena de sentimientos negativos de amargura, odio, resentimiento y decepciones. El divorcio implica que las parejas toman decisiones fatales que terminan sus matrimonios. Es la acción final que los matrimonios con problemas alcanzan para terminar su acuerdo de permanecer juntos. Divorciarse es para algunas parejas un alivio, pero para otras una vergüenza. El matrimonio para aquellos con arrepentimientos recuerda su sueño que se suponía que sería su historia de amor. En cambio, resultó ser para muchas parejas relaciones improductivas y de las que se arrepienten. Matrimonio y divorcio! Qué les dicen estas entidades relacionales a los demás sobre las relaciones? Qué se puede aprender de sus historias? Qué peligros en las relaciones se pueden evitar con sus ejemplos? Quién está dispuesto a exponer sus matrimonios fallidos al juicio de los demás? Quién está dispuesto a revivir las luchas matrimoniales que soportaron, las agonías, los dolores, los rechazos y las penas que hicieron que el divorcio fuera la última palabra? Una pareja así nombrada y llamada al foco del examen será Peter y Gloria.

Peter y Gloria eran recién casados que aprendieron que estar casado no siempre era un camino de rosas, o quizás eso es exactamente lo que es el matrimonio. Como la rosa, un hermoso retrato del amor rodeado de espinas, capaz de... las relaciones matrimoniales también son dolorosas cuando no se gestionan adecuadamente. Cuando las parejas se aman, sus abrazos se convierten en retratos amorosos de belleza. Sin embargo, las espinas en estas relaciones representan dificultades y adversidades matrimoniales. El matrimonio de Peter y Gloria, al igual que el de George y Sandy, luchó por sobrevivir. Ellos también se enfrentaron a la pregunta matrimonial: ¿dónde nos equivocamos? Sin embargo, a diferencia de George y Sandy, estuvieron dispuestos a intentar responder la pregunta antes de llegar a la terrible conclusión del divorcio. Las vidas de muchas parejas retratadas representan figurativamente a todas las parejas que luchan con problemas matrimoniales y, para encontrar una solución, consideran el divorcio. Peter y Gloria comenzaron su matrimonio con mucho amor y adoración el uno por el otro. Parecía que nada los cambiaría ni a ellos ni a lo que compartían. Sin embargo, como en todos los matrimonios, habrá problemas, preocupaciones, problemas e incluso dificultades que pondrán a prueba la fuerza y la resistencia de tales relaciones. Tras un breve período de alegría, Peter y Gloria experimentaron graves problemas matrimoniales. Tales eventos transformaron su unión de cuento de hadas, llena de expresiones agradables y amables, en discusiones contenciosas. Estas interacciones provocaron un deterioro en su relación y los llevaron de ser amorosos y cariñosos a estar a la defensiva y ser mezquinos el uno con el otro. Su entrañable amor y comunicación habían disminuido hasta el punto donde estaban dispuestos a conformarse con la separación o el divorcio. Sin embargo, mantenían la esperanza de un mejor resultado.

Al comprender que el divorcio era un acto definitivo, Peter y Gloria reflexionaron que quizás podrían o deberían haber hecho algo para cambiar esta situación. El autoexamen les brindó la oportunidad de evaluar el impacto de sus acciones en su matrimonio. A pesar de todos los aspectos negativos que experimentaron, comprendieron que si buscaban la esperanza sin criticarse ni juzgarse mutuamente, su matrimonio tenía la posibilidad de funcionar. Su disposición a buscar resultados positivos los animó a preguntarse honestamente, tanto a sí mismos como el uno al otro, esta pregunta vital: "En qué nos equivocamos?".

PEDRO Y GLORIA

Peter y Gloria se casaron hace cinco años. Su ceremonia de boda fue pintoresca. Fue una auténtica gala. El ambiente que rodeó la ceremonia se llenó de expresiones de alegría. La atmósfera transmitía abierta y genuinamente su amor. A todos los presentes les pareció que esta pareja estaba hecha el uno para el otro. Si el paraíso, el oasis de perfección, necesitaba un símbolo de belleza en el amor y una relación genuina, esta pareja era la representación perfecta. Sin embargo, su unión no era indistinguible. Fue su necesidad de ser amados lo que los unió. Fue el amor que encontraron el uno en el otro lo que los mantuvo unidos. Desde el momento en que se sintieron atraídos, se amaron, rieron a carcajadas juntos y compartieron la emoción de estar en compañía el uno del otro. Las cosas iban de maravilla para ellos hasta que un día comenzaron a notar ligeras interrupciones en sus momentos compartidos. Algunas distracciones en su atención enfocada el uno en el otro. Cambios no discutidos ocurrieron en su relación. Qué estaba pasando con ellos? Qué estaba pasando en su relación amorosa? Estas preguntas los desafiaron a investigar personalmente las fortalezas y debilidades de su matrimonio. Se dieron cuenta de que el brillo, las expresiones alegres y los momentos felices compartidos que definían su amor habían sido reemplazados por el distanciamiento relacional, el silencio en lugar de las conversaciones, menos salidas juntos y menos momentos románticos.

Peter y Gloria aprendieron que toda pareja casada atraviesa algún tipo de desafío matrimonial. Luchan por comprenderse, se esfuerzan por vivir en paz juntos, se esfuerzan por mantener el amor en sus corazones y hacen todo lo posible para evitar que el divorcio sea la última palabra. La historia de amor de Peter y Gloria imitó los desafíos y las dificultades matrimoniales cada pareja casada lucha por superarse.

EL MATRIMONIO ENTENDIDO

Matrimonio, ordenado por Dios como una institución con el propósito de unir a hombres y mujeres en relaciones para toda la vida. Las conexiones maritales son tanto físicas como espirituales. El matrimonio no es un compromiso exitoso de talla única. El matrimonio es un trabajo en progreso dirigido por la pareja. Por lo tanto, cada pareja que busca esta unión sagrada debe ser aconsejada sobre el significado impactante del matrimonio y sus requisitos. La comprensión marital es esencial para que las parejas alcancen la armonía marital. El matrimonio es un compromiso serio y las parejas enamoradas deben confiar en él para su seguridad y no tratarlo como un experimento. Vivir juntos antes no debe verse como una solución alternativa. No! Esta no es la comprensión correcta del matrimonio, el compromiso o el compromiso.

Durante la consejería matrimonial, las parejas deben ser conscientes de la responsabilidad de cada uno al tomar esta decisión trascendental. El énfasis matrimonial en los deberes, la cooperación y las expectativas debe llevar a las parejas a visualizarse viviendo juntos más allá del esplendor de sus ceremonias nupciales. Su enfoque, interés y comprensión de las relaciones matrimoniales deben centrarse en cómo construir un ambiente familiar amoroso. Deben saber que el matrimonio es un vínculo sagrado que debe abordarse o comprometidos con la comprensión de lo que se requiere de cada cónyuge. De esta manera, cuando los problemas matrimoniales o asuntos aparentemente inflexibles se convierten en factores clave en el matrimonio, las parejas no deberían estar dispuestas a abandonar sus matrimonios recurriendo al divorcio como solución.

Divorcio, para algunas parejas, es una palabra hiriente. Para otras, es una palabra de alivio. Independientemente de la categoría de separación matrimonial, divorcio sigue siendo una palabra que significa incompleción. Cuando el divorcio llega al final de matrimonios con problemas, por lo general no termina la relación problemática. Lo que a menudo hace es dejar a las parejas con muchos problemas sin resolver, ajustes necesarios y preguntas sin respuestas. También deja a estas parejas separadas con la sanación espiritual y la restauración personal que necesitan. El divorcio se convierte en un recordatorio constante para las parejas de sus promesas rotas de amar a sus parejas elegidas para siempre. El divorcio no es como la mayoría de las parejas esperan que terminen sus matrimonios. Sin embargo, cuando las relaciones llegan a diferencias irreconciliables, a menudo el divorcio es la triste conclusión que muchas parejas deben aceptar.

Cuando ocurre un divorcio, las parejas se ven obligadas a examinar las fallas y defectos de sus relaciones fallidas. La pregunta más común que suelen hacerse las parejas es "Qué pasó?". Quizás la pregunta más precisa que debería plantearse después de que las relaciones fracasan es "Dónde nos equivocamos?". Esta pregunta se vuelve esencial para las parejas que buscan maneras y comprensión de cómo se rompió la relación.

las relaciones pueden restaurarse. Por otro lado, las parejas que se han cansado de estar casadas no están interesadas en mantener ningún tipo de relación con ese cónyuge. Les importa menos evaluar sus matrimonios fallidos. Muchas de estas parejas a menudo sienten que cuanto antes termine la prueba, mejor. Para ellos, el divorcio no solo fue la decisión correcta, sino también la mejor decisión. Decidir divorciarse les impide fingir amor mientras viven miserablemente y continúan por este desagradable camino matrimonial. El matrimonio para ellos había sido nada menos que un viaje lleno de desesperación. Cabe señalar que todos los matrimonios tienen problemas, baches en el camino, enfrentamientos drásticos y, a veces, incluso dramáticos. En casi todos los casos, las parejas participantes sienten el impulso de darse por vencidas y renunciar. Sin embargo, cuando las parejas se dan tiempo para reflexionar, encuentran razones para no renunciar. Cuando consideran la integridad de sus matrimonios, aprenden lo preciosas y valiosas que pueden llegar a ser sus relaciones.

Renunciar es una falsa plataforma para el éxito. Sus soluciones rápidas rara vez brindan la alegría, el consuelo, la paz o la felicidad esperadas. Por lo tanto, cuando a las parejas en matrimonios con problemas se les aconseja creer que renunciar sería mejor que resolver los problemas, a menudo terminan sintiéndose traicionados por esa orientación. Quienes siguieron esta asesoría cautelosa descubrieron que renunciar no les brindó alivio a sus agonías maritales. No les dio la libertad mental necesaria para seguir adelante con sus vidas. Renunciar, como se describe en el poema "No te rindas" del poeta Edgar Guest, ofrece palabras alentadoras que cuestionan las diferencias entre la toma de decisiones emocional y práctica.

"NO TE RINDAS"

Cuando las cosas van mal, como ellos
a veces lo hará, cuando el camino tu caminar parece cuesta arriba,
Cuando los fondos son bajos y el Las deudas son altas
y quieres sonríe, pero tienes que suspirar, cuando
la preocupación te está presionando un poco
Descansa si debes hacerlo, pero no te rindas.

La vida es extraña con sus
giros y vueltas, como todos nosotros
A veces aprende, y
muchos fracasos se convierten
acerca de,
Cuando podrían haber ganado
si hubieran perseverado.
No te rindas aunque el ritmo
Parece lento, puedes tener éxito
con otro golpe.

A menudo la meta está
más cerca que...
Parece un desmayo y
hombre vacilante,

A menudo el
el luchador se ha rendido,

Cuando podría haber capturado la copa de la victoria;
Y aprendió demasiado tarde cuando cayó la noche,
Qué cerca estaba de la corona de oro.

El éxito es el fracaso al revés,
El tinte plateado de las nubes de la duda,
Y nunca puedes saber lo cerca que estás,
Puede estar cerca cuando parece tan lejos.
Así que sigue luchando cuando más te golpeen,
Es cuando las cosas parecen peores que no debes rendirte.

Aquellos decididos a terminar matrimonios considerados irreparablemente rotos están dispuestos a aceptar el divorcio como alivio. El divorcio a veces les da a estas parejas la ilusión de que cambiar de pareja llenará su soledad y vacío. A menudo, pronto descubren que este engaño no era más que una ilusión. Las parejas que deciden terminar sus matrimonios a través del divorcio necesitan tiempo de recuperación antes de involucrarse en nuevos intereses amorosos. Por naturaleza, los seres humanos necesitan tiempo de sanación cuando alguna parte del cuerpo está rota. Se requiere tiempo cuando los humanos se recuperan de la ruptura, incluidos los daños físicos, mentales, espirituales y psicológicos. Cuando las parejas divorciadas no se dan tiempo para sanar antes de comenzar nuevas relaciones, a menudo se llevan consigo el dolor de sus fracasos pasados. Es por eso que las personas heridas no deberían estar ansiosas por comenzar nuevas relaciones. ama sin permitir que sanen y se recuperen. De lo contrario, seguirán siendo víctimas de sus propias heridas, decepciones y malos juicios. Cuando las parejas de matrimonios rotos siguen buscando el amor verdadero a través de corazones dañados por el dolor, el mal juicio o las malas decisiones, repetirán este círculo vicioso de dudas y arrepentimientos.

Algunas parejas en matrimonios fallidos desean terminar la relación y comenzar de nuevo con otra persona. Sin embargo, los peligros de terminar una relación para comenzar otra a menudo revelan la inestabilidad, la falta de confianza y la creencia de que el matrimonio ya no es sagrado. Por lo tanto, es importante que las parejas divorciadas se den tiempo para adaptarse mental y emocionalmente y evitar volver a estar en matrimonios fallidos. Sin embargo, antes de que el divorcio se convierta en el acto final en los matrimonios, las parejas deben estar dispuestas a hacer todo lo posible por mantener sus hogares y vidas juntos. Los consejos y opiniones de amigos y seres queridos deben considerarse con cautela. Aunque estos amigos y seres queridos puedan realmente preocuparse, pueden convertirse en facilitadores miopes que brindan consejos inoportunos o soluciones equivocadas. Estos consejos a menudo son dados por amigos y seres queridos que desconocen por completo las situaciones de la pareja en el matrimonio. El conocimiento incompleto de las situaciones maritales podría dar lugar a consejos centrados en los sentimientos, sin considerar los numerosos errores que las parejas cometen en sus matrimonios.

Del lado proverbial de la cama, no se debe alentar a las parejas a permanecer en confines maritales insalubres o inseguros por el bien de estar casados. Las parejas obligadas o coaccionadas por alguien a permanecer en matrimonios por el bien de las apariencias generalmente experimentan varias formas de abuso. Por lo tanto, las parejas que no encajan juntas, o que bíblicamente se declaran "unidas en yugo desigual", no deben ser forzadas ni alentadas a permanecer o soportar relaciones tortuosas. En tales entornos, cuando las parejas se sienten obligadas a permanecer juntas por razones distintas a estar enamoradas, finalmente terminarán resentidas entre sí. Sin amor compartido, las parejas están mal equipadas para construir hogares, matrimonios o relaciones juntas.

Uno de los actos maritales más importantes que las parejas deben realizar es edificarse mutuamente y no destruirse. El matrimonio es un vínculo amoroso de apoyo y estímulo. No es una relación llena de burlas y rechazos. Cuanto más crecen juntas las parejas casadas, menos probable es que se vean atrapadas en montañas rusas románticas o círculos de tiovivos haciendo cosas sin propósito ni destino. Quizás la canción de rhythm and blues de 1972 de los Stylistics de Filadelfia, Pensilvania, "Break Up to Make Up" describe mejor a estas parejas emocionalmente agotadas que pasaron de ser parejas cariñosas y amorosas a ser individuos egoístas, desconsiderados y manipuladores. La letra de la canción incluye lo siguiente.

Dime qué te pasa ahora, dime por qué parece que nunca te hago feliz aunque Dios sabe que lo intento. ¿Qué se necesita para complacerte? Dime cómo puedo satisfacerte, mujer, me estás volviendo loco. Cuando llego a casa del trabajo, estás al teléfono hablando de lo mal que te trato. Ahora dime que me equivoco. Dices que soy yo quien discute, yo diré que eres tú. Tenemos que estar juntos o, cariño, se acabó. Romper para reconciliarnos, eso es todo lo que hacemos. Primero me quieres, luego me odias, eso es un juego de tontos.

"El matrimonio debe percibirse como algo más que una hermosa ceremonia seguida de una noche de cena glamorosa, brindis de buenos deseos y el viaje hacia la felicidad de la luna de miel. Esto no es una crítica a cómo se practican normalmente las ceremonias matrimoniales. Cada matrimonio establece su propia forma de celebración. Este enfoque destaca las ceremonias matrimoniales como un proceso inicial y no como una relación definida expresada. Aunque su verdadera elegancia no siempre se expresa o se pronuncia correctamente, permítanme reconocer y enfatizar que la belleza del matrimonio es la pompa celebrada. Es la belleza de reunirse con los seres queridos compartiendo palabras de aliento. Es el comienzo de una relación de amor llena de posibilidades ilimitadas. Una ceremonia de matrimonio es todo esto y más. Sin embargo, el verdadero propósito del matrimonio se extiende más allá de la pompa y su celebración. Se trata de cómo vivir juntos en amor. El matrimonio incluye a las parejas que crecen juntas, aprendiendo sobre el uno al otro y conocerse. El matrimonio es una institución sagrada, ordenada por Dios con el propósito de unir dos vidas distintas en una sola relación de amor. Hasta hace poco, el matrimonio se centraba en que las parejas hicieran votos espirituales y se comprometieran a amarse ante Dios. Estas palabras ceremoniales de compromiso matrimonial incluían: «Te tomo para ser…, para tenerte y cuidarte desde hoy. En la prosperidad y en la adversidad; en la riqueza y en la pobreza, en la salud y en la enfermedad; para amarte y cuidarte hasta que la muerte nos separe."

Estos votos tradicionales y las palabras de compromiso que las parejas se hacían mutuamente a veces se daban por sentado. Quienes simplemente repetían las palabras de los votos los consideraban meros requisitos de la boda o de la ceremonia. Aunque estas palabras se dicen con facilidad y se olvidan pronto, han servido de base para compromisos duraderos. Los votos religiosos hablan del papel de Dios en la relación matrimonial y de sus requisitos para formar una familia amorosa. El matrimonio es la solemne comisión de Dios para que las parejas unan sus vidas en un compromiso sagrado.

Tradicionalmente, los matrimonios se han considerado actos religiosos y un acto de unión espiritual. Sin embargo, no todas las parejas adoptan esta forma de matrimonio. Por lo tanto, la ley permite casarse a las parejas que desean hacerlo sin una ceremonia religiosa específica mediante ceremonias civiles. El matrimonio civil no es un proceso matrimonial nuevo. Siempre ha estado disponible para parejas que no desean casarse por motivos religiosos. Sin embargo, debido a las recientes leyes federales que otorgan a las parejas del mismo sexo el derecho a obtener un estado civil legal, muchas parejas buscan esta opción. Esto es especialmente cierto para las parejas del mismo sexo que desean evitar el rechazo de muchos grupos religiosos que se niegan a aceptar este tipo de unión nupcial. Las leyes federales que otorgan la igualdad de derechos matrimoniales a todas las parejas introdujeron cambios en la aplicación matrimonial. Esta aplicación, entre muchos cambios, reemplazó las referencias a hombre y mujer y esposo y esposa para que ahora se lean identificaciones de género.

Este pronunciamiento legal provocó conflictos matrimoniales entre el clero cristiano, cuya fe, doctrina establecida y prácticas religiosas les prohibían celebrar matrimonios entre personas del mismo sexo, y la autoridad legal otorgada a otros para llevar a cabo dichas uniones. Estas leyes civiles extendieron el estado civil a las parejas del mismo sexo a pesar de que las organizaciones religiosas se oponían a tales estándares. Muchos clérigos cristianos se niegan a calificar tales uniones porque los matrimonios entre personas del mismo sexo violan su fe practicada. La equidad de las uniones civiles radica en que la certificación de los matrimonios entre personas del mismo sexo puede legalizarse mediante la presentación de documentos firmados. No se requieren ceremonias. Este nuevo proceso La confirmación matrimonial no se limita a las parejas del mismo sexo, sino que está disponible para todas las parejas que no buscan ceremonias de boda tradicionales. Los matrimonios civiles eliminan la espiritualidad vínculo que fortalece los cordones de amor necesarios para mantener unidas a las parejas.

Casarse y permanecer casados no siempre son acuerdos mutuos. Las parejas que se comprometen con el proceso matrimonial por cualquier otro propósito que no sea amarse, edificarse y cuidarse mutuamente se arriesgan a tener una relación matrimonial de corta duración. Los matrimonios espirituales o religiosos no tienen garantizado el éxito ni que las parejas permanecerán juntas. Las parejas que eligen el camino no tradicional hacia los matrimonios ceremoniales no están automáticamente condenadas al fracaso. Quizás la preocupación más importante para los matrimonios, independientemente de la ceremonia de unión, es el lugar de Dios en la relación. Sin la presencia de Dios en los matrimonios, las parejas a menudo se sentirán espiritualmente insatisfechas. Las parejas casadas que no honran sus votos solemnes y su fiel compromiso mutuo carecerán de la tolerancia y la paciencia necesarias para permanecer juntas cuando experimenten tiempos difíciles. Con demasiada frecuencia, simplemente renunciarán a la relación.

Si el amor no se considera el compromiso más poderoso e importante que las parejas pueden asumir, muchos matrimonios no superarán las dificultades y luchas matrimoniales. Por eso, toda pareja casada necesita conocer, comprender y ser consciente de la verdad sobre la relación matrimonial: es un proceso, no un producto terminado. Es un proceso de desarrollo. A pesar de todas sus imperfecciones, las conexiones matrimoniales son solo un trabajo en progreso. No es un... cuento de hadas o relación mítica. Incluso cuando un matrimonio muy querido se considera mágico. Se han contado muchas historias sobre esta visión mítica del proceso matrimonial: chico conoce a chica. Chica conoce a chico. Se enamoran. Se casan. Cabalgan hacia el atardecer y viven felices para siempre. Esta explicación de libro de cuentos sobre el amor y el matrimonio no suele ser la forma en que va la historia de la vida real. Las parejas que creen esto o esperan esto para sus matrimonios están preparadas para decepciones y fracasos. ¡Este proceso de libro de cuentos no es un verdadero retrato de la vida marital! Los matrimonios reales no comienzan cabalgando hacia el atardecer. Más bien, se trata más de establecerse y construir sus vidas juntos. Los matrimonios brindan a las parejas oportunidades para crecer y desarrollar el amor, la paz, la alegría y la felicidad en sus relaciones. La felicidad no se logra solo con palabras.

El matrimonio es una relación difícil que a menudo enfrenta obstáculos y elementos de división, destrucción y derrota. Sin embargo, esto no significa ni sugiere que los fracasos matrimoniales sean inminentes. Las parejas deben ser conscientes de que existen enemigos que impiden el éxito matrimonial. Estos enemigos explotan las relaciones y urden planes para destruir el amor y el compromiso mutuos. Estos enemigos incluyen la infidelidad, las mentiras, el engaño, el adulterio y los secretos engañosos. Ante estos invasores negativos en sus matrimonios, las parejas deben abstenerse de usar palabras degradantes o hirientes otro. Especialmente cuando se está molesto o se siente emocional. Tales restricciones durante discusiones o argumentos acalorados deben incluir lo siguiente, no hacer amenazas dañinas, dar ultimátums y encontrar fallas en el matrimonio. Las respuestas poco saludables transformarán hogares amorosos llenos de cuidado y respeto en personas solitarias y casas vacías. No siempre intencionados, este tipo de compromisos: el odio, los resentimientos y la falta de confianza le costarán a las parejas sus hogares, matrimonios y buenas relaciones. Durante los momentos difíciles en los matrimonios, las parejas deben estar dispuestas a escuchar lo que cada uno tiene que decir sobre los problemas o preocupaciones que pueden causar que los matrimonios terminen en divorcio. Cuando las parejas no se comunican sobre preocupaciones íntimas, a menudo terminarán el matrimonio con muchas preguntas sin respuesta. La pregunta principal será: "¿Dónde nos equivocamos?"

DIVORCIO, UNA ÚLTIMA PALABRA DICHA

El divorcio es un enemigo poderoso que aprueba la ruptura de matrimonios. Siembra malos pensamientos en buenas relaciones mediante el engaño. Invade y desarraiga esperanzas duraderas con falsas promesas. El divorcio utiliza el dolor como su principal arma para disolver matrimonios heridos por traiciones. El divorcio impide que los matrimonios se conviertan en compromisos a largo plazo. El divorcio termina matrimonios. Utiliza herramientas, métodos y... esfuerzos, como problemas no resueltos y promesas incumplidas, para cumplir su misión. Para que las parejas casadas eviten las poderosas huellas de este enemigo, necesitan amar a sus parejas con todo el corazón, lo que aislará sus relaciones románticas de todos los agitadores y destructores. Esta unidad de propósito es importante para un amor y unas relaciones duraderas. Sin este amor y cuidado unificadores, los corazones de las parejas pueden infectarse con esta enfermedad conocida como apatía. Una vez que la apatía se instala en una relación, la preocupación y el cuidado se convierten en subproductos de un matrimonio feliz. Pronto, el divorcio, siendo un cáncer para los matrimonios, dominará todas las discusiones, argumentos y amenazas. Sin embargo, cuando las parejas comparten amor genuino, su afecto a menudo sofocará la capacidad del divorcio de invadir sus relaciones. El divorcio se presenta con demasiada frecuencia como una salida fácil para las parejas que luchan por relaciones problemáticas. Durante estos tiempos difíciles, a algunas parejas se les hace creer que abandonar el matrimonio es mejor que quedarse. Se les aconseja terminar sus matrimonios mediante el divorcio.

Para que los matrimonios sigan siendo relaciones valiosas, esta unión sagrada no debe ser vista por las parejas como un arreglo temporal de convivencia. Más bien, esta preciada unión debe entenderse como la relación diseñada por Dios entre hombres y mujeres. Desafortunadamente, el matrimonio, como institución tradicional para la familia establecida, está siendo trastocado y desafiado por condiciones de vida sociales alternativas

Ha llegado el momento de restaurar la percepción del matrimonio como sagrado, santo y espiritual. Los matrimonios alternativos, que permiten los matrimonios entre personas del mismo sexo, carecen de una aceptación espiritual válida, independientemente de las normas sociales y culturales. Demasiados matrimonios basados en normas seculares y no en principios bíblicos parecen terminar en divorcio. Por esta razón principal, entre muchas otras, algunas parejas consideran emocionalmente más seguro compartir relaciones sin compromiso sin estar casadas y evitar las dificultades del divorcio, en lugar de comprometerse con el matrimonio y confiar en Dios para su éxito.

Esta filosofía mal concebida para la vida familiar afirma falsamente que este método evitará la incompatibilidad a largo plazo. Propone evitar que el divorcio se convierta en un problema, una consideración o un requisito. Este concepto de "probarlo antes de hacerlo" no debe tolerarse como un estándar mejor o aceptable para asegurar matrimonios duraderos. Los matrimonios tradicionales no son perfectos. Sus uniones no garantizan que las parejas estén aisladas de los problemas maritales. Tampoco aseguran que las parejas puedan evitar los dolores causados por el divorcio o sus consideraciones. Contrario a quienes quieren definir el proceso matrimonial a su propia imagen, la santidad de los matrimonios sigue siendo el diseño de Dios y su plan para que los hombres y las mujeres fusionen sus vidas en un solo amor.

La pregunta, "¿dónde nos equivocamos?" debe explorarse a través del prisma de hacer que los matrimonios funcionen, en lugar de verlos convertirse en una institución desmoronada de virtudes pasadas. Esta pregunta ofrece un llamado alentador a todos los matrimonios. Especialmente a los matrimonios con problemas que cuelgan al precipicio de desmoronarse y se dirigen hacia la destrucción. Sin embargo, hay esperanza para cada hogar, cada relación y cada matrimonio con problemas. El éxito del matrimonio no se basa, ni se basará, en las justificaciones, excusas o alternativas del hombre. Los matrimonios exitosos a menudo están enfocados espiritualmente y dirigidos por Dios. En ausencia de abuso físico, abuso psicológico o dominación mental por parte de un compañero sobre el otro, las parejas no deben buscar salidas rápidas de sus matrimonios. Más bien, deben dejar que la paciencia haga su trabajo perfecto. A veces, los defectos que ves y piensas en tu pareja, pueden ser los mismos defectos reflejados dentro de ti. Si te desenamoras tan rápido de tu cónyuge, quizás cometiste un engaño fingiendo amor al iniciar la relación. Lo que se necesita en las relaciones duraderas es amor verdadero. Se puede confiar en el amor genuino. No se esconde en pretensiones. Crece y desarrolla relaciones verdaderas. El amor no busca razones para la separación. Se esfuerza por resolver las cosas mediante esfuerzos comprometidos. El amor no se rinde. Se entiende claramente que en las relaciones espiritualmente formadas el amor mantendrá unidas a las parejas y a las familias. "Amor nunca se rinde, nunca pierde la fe, siempre tiene esperanza y persevera en cualquier circunstancia. El amor durará para siempre" (1 Corintios 13:7-8a, NTV). A veces, el amor expresado provoca una lágrima! A veces, su intención revelada invita a una sonrisa! A veces, la realidad del amor activo hace que la fantasía sea un sustituto débil de la narración. Cuando el amor se expresa verdaderamente del corazón a los labios, estará lleno de alegría y brindará una alegría sin fin.

Por lo tanto, todos los amores rotos, corazones heridos, amantes decepcionados y matrimonios que se dirigen a los tribunales de divorcio, por favor deténganse a considerar qué decisiones están disponibles para ustedes. Hay cuatro elementos de influencia que a menudo determinan si los matrimonios durarán o fracasarán: Comunicación, Finanzas, Sexo e Intimidad, y Familia. Estas áreas de apoyo están diseñadas para alentar el éxito de los matrimonios y alcanzar su máximo potencial. Es por eso que antes de que las parejas decidan divorciarse, deben considerar y aprovechar al máximo sus opciones. Las parejas que se inclinan por el divorcio primero deben buscar espacio para la reconciliación para evitar que sus matrimonios terminen en alguna forma de vergüenza, desgracia, arrepentimiento o rechazo.

Estas cuatro áreas de la relación a menudo determinan la capacidad de los matrimonios para sobrevivir y prosperar. Cuando estas áreas apoyan adecuadamente a los matrimonios, proporcionarán hogares a las parejas, en lugar de dejarlas viviendo en casas solitarias. A través de estas cuatro categorías, las parejas conversar los desafíos matrimoniales y evitar el doloroso proceso del divorcio. La pregunta «¿En qué nos equivocamos?" debería ayudar a las parejas a hablar sobre sus diferencias y desconexión antes de decidir divorciarse.

Aunque cada matrimonio tiene sus propias condiciones, todos comparten algo en común. Estos rasgos comunes incluyen las dificultades matrimoniales, donde las parejas buscan comprenderse mutuamente; sus problemas personales pasados y presentes que pueden afectarlos negativamente como familia; y la búsqueda de soluciones a los problemas matrimoniales que los mantengan unidos. Para que los matrimonios sobrevivan, las parejas deberán apoyarse mutuamente en momentos difíciles.

El matrimonio y el divorcio serán el tema principal de preocupación y debate a lo largo de esta lectura. Se explorarán las vidas, experiencias, decisiones y conversaciones de parejas que consideran el divorcio a costa del éxito matrimonial. Se explorará el desafío que enfrentan las parejas para mantener y restaurar relaciones rotas a través de estas parejas: Peter y Gloria, Stan y Maria, Oliver y Sandra, George y Sandy, John y Mary, quienes lucharon con el divorcio y decidieron permanecer juntos y no separarse.

Por lo tanto, si su matrimonio o relación le genera inquietud o le genera incertidumbre, no se asuste. Antes de que el divorcio sea la última palabra o le haga rendirse con disgusto, piénselo bien, no se rinda todavía. Hablen de las chispas que encendieron su amor, la estimulación que sentiste al escuchar esa voz sensible al teléfono. Piensa en todos tus esfuerzos para que funcionara, los conflictos que enfrentaste y las decepciones que superaste. Luego, analiza a fondo la pregunta más importante para la supervivencia de tu relación matrimonial: "¿En qué nos equivocamos?".

Parte 1

Comunicación
(Hablemos de ello)

Capítulo 1

"Relaciones Matrimoniales"

La comunicación es el primero de los cuatro elementos maritales esenciales que son fundamentales para los matrimonios exitosos. Hay un viejo dicho que dice: "Si no hablamos, no nos comunicamos". Bueno, ese no es el dicho real, pero pensé que era apropiado para esta discusión. El dicho verdadero es una referencia bíblica al trabajo y la responsabilidad: "Quien no quiere trabajar, no comerá" (2 Tesalonicenses 3:10b NTV). Sin embargo, el principio se puede aplicar a qué tan bien, con claridad y frecuencia las parejas casadas están dispuestas a hablar entre sí. Sin una comunicación clara y comprensible, los matrimonios considerados mejores corren el riesgo de ser interrumpidos o desmoronarse por los demonios de las suposiciones y la desinformación. El matrimonio no es un compromiso perfecto. Cada matrimonio se enfrenta a sus propios problemas y dificultades. Estas situaciones son tan comunes como despertarse la mañana da paso a un nuevo día. Al principio del matrimonio, las parejas suelen ignorar o no prestar mucha atención a problemas que luego se convierten en conflictos graves. Generalmente, se considera que estos problemas son pequeños, insignificantes y que no requieren mucha atención.

La mayoría de las parejas comprenden que la vida en pareja conlleva irritaciones personales y desacuerdos, desde pequeños hasta graves. En momentos difíciles, se necesita una comunicación buena, clara y eficaz para evitar dañar aún más la relación. Una comunicación clara y eficaz comienza cuando las parejas comparten el mismo significado de las palabras. Compartir el significado del lenguaje es importante para una mejor comprensión de lo que se ha dicho o expresado. La comunicación eficaz apoya los esfuerzos de las parejas por mantener vivo su amor. Sin un significado de las palabras compartido, la comunicación entre las parejas casadas se ve limitada en su capacidad para expresar claramente sus sentimientos. La falta de comunicación a menudo frustra sus esfuerzos por hablar entre sí y, a menudo, conduce a conversaciones conflictivas. Sin una buena comunicación, las conversaciones matrimoniales eventualmente se convertirán en frases cortas de cariño o respuestas de una sola palabra. Cuando las parejas carecen de una comunicación clara, cada problema se convierte en una tarea tediosa de resolver. Los pequeños problemas y los asuntos sin resolver pronto se convierten en problemas mayores y asuntos que dividen. Finalmente, sin una comunicación clara, la relación se disolverá hasta el nivel en que las únicas conversaciones que las parejas acuerden compartir serán el silencio.

Sin embargo, siempre que el silencio se utiliza como método para evitar discusiones, confrontaciones o discusiones, muchos asuntos quedan sin resolver. Cuando las parejas no se hablan para comprender lo que se dice, preocupaciones matrimoniales no deseadas como sospechas, acusaciones y dudas ocuparán sus pensamientos. A menudo se preguntarán si el amor que comparten será lo suficientemente fuerte como para perdurar a través de sus muchas barreras problemáticas y malentendidos. Estas preguntas buscarán respuestas sobre qué causó que los matrimonios, una vez llenos de alegría, risas y emoción, se volvieran aburridos, sin interés y más como estar encarcelados. Cada matrimonio tiene su propia respuesta. La respuesta común podría incluir votos olvidados o promesas de compromiso incumplidas. Cuando las parejas casadas no entienden lo que el otro dice, a menudo pierden el interés en hacer esfuerzos por tener conversaciones. Esto se traduce en una reducción del tiempo personal. La interacción verbal limitada dificultará los momentos de las parejas para expresar o hablar de su amor. Esta falta de interacciones los dejará con la percepción de que sus palabras no importan, así que para qué perder el tiempo hablando?

Cuando las parejas casadas tienen una comunicación poco clara entre sí, a menudo encuentran que el crecimiento de sus relaciones se ve obstaculizado debido a pocas conversaciones compartidas. Con el tiempo, debido a estos sucesos, las parejas a menudo se ven encaminadas a la ruptura o al divorcio. Debido a la falta de comunicación, los pequeños problemas se convierten en grandes problemas y las preocupaciones no resueltas en grandes disputas. La mala comunicación es la principal razón por la que las parejas tienen dificultades para entenderse. Si estas preocupaciones no se abordan con urgencia, las parejas casadas perderán el interés en conservar sus matrimonios, lo que a menudo los llevará a la incompleción. Cuando la mala comunicación prevalece en las interacciones matrimoniales, las parejas insatisfechas comienzan a buscar maneras de terminar sus relaciones, ya sea mediante la separación o el divorcio.

Es importante que las parejas casadas decidan si separarse o divorciarse para darse más tiempo para conocerse mejor. Por lo general, cuando las parejas aprenden más sobre el otro, sus gustos y disgustos, sus decisiones les brindan cambios para mejor. Conocerse mejor ayuda a las parejas a ser más conscientes de lo que complace a su pareja. Aprenderán qué acciones o palabras pueden no serle agradables. Aprenderán qué hace sonreír a su amante. Qué irrita o causa un ceño fruncido. En la relación, cada miembro de la pareja debe estar dispuesto a escuchar atentamente las conversaciones compartidas y comprender completamente lo que se dice. Los esfuerzos de las parejas por aprender más sobre sí mismas deben reservarse para momentos especiales, específicos tiempo y tiempo personal para la intimidad. El valor de reservar tiempo para la intimidad es que las parejas puedan moldear, dar forma y unir sus corazones. Sin embargo, sin prestar atención detallada al proceso de comunicación, las relaciones de pareja pueden verse comprometidas por definiciones lingüísticas no compartidas y malentendidos de palabras. Las parejas que no comparten las mismas palabras pueden permitir que los significados expresados se conviertan en malentendidos y problemas maritales que traen dolor, sufrimiento, rechazos y, a menudo, conducen al divorcio. Cuando las posiciones maritales de las parejas se convierten en contrastes agudos entre uniones amorosas y diferencias irreconciliables, tales cambios sugieren o revelan la incapacidad de las parejas para comunicarse eficazmente entre sí. En cualquier caso, la mayoría de las parejas se niegan a admitir que cuando sus matrimonios caen en mala reputación, esto sucedió debido a una falla de comunicación. Muchas parejas se convencen a sí mismas de que hablar entre sí nunca fue el problema, simplemente discrepaban todo el tiempo. La comunicación efectiva entre parejas casadas implica el proceso unificador de hablar, escuchar, hablar, oír, comprender y ser comprendido.

Capítulo 2

Stan y María

Stan y María provenían de orígenes radicalmente diferentes. Stan creció en un entorno urbano donde luchaba constantemente por su supervivencia. La herencia y cultura hispanas de María la mantenían cerca de casa y protegida de muchas actividades externas. Las experiencias de Stan le enseñaron a no confiar en nadie y a ser extremadamente posesivo con todo lo que poseía. Por otro lado, María vivía en una comunidad más amorosa y gentil. Todos la conocían por ser una persona cariñosa, amable y generosa. Creció creyendo que la confianza era un valor sagrado. El vecindario de Stan a menudo se caracterizaba por la violencia. La mayor preocupación de la comunidad de María era ser aceptada en la sociedad. Desde el principio, su relación parecía haber sido la de una pareja dispareja. Sin embargo, ambos creían haber encontrado a su alma gemela.

Su boda fue una celebración de chicas. La ceremonia fue una combinación idealizada de ambos trasfondos culturales. Los padrinos de boda de Stan eran pandilleros de su barrio. Las damas de honor de María eran sus amigas, bellamente ataviadas con las coloridas tradiciones de su herencia hispana. El ambiente de la boda estaba lleno de miedo y emoción. Miedo de los invitados hacia los pandilleros que asistían. La emoción era la celebración de gala de la ceremonia nupcial por parte de todos los asistentes. A pesar de la leve ansiedad del día, Stan y María se casaron. Creían que encontrarse era una decisión divina. Creían que su matrimonio duraría. Esperaban que su matrimonio estuviera lleno de amor y felicidad.

Sin embargo, sus vidas se volvieron menos de lo que habían imaginado cuando sus contrastantes antecedentes entraron en conflicto de maneras que amenazaron su matrimonio. Stan se volvió muy posesivo con la vida de María y era extremadamente celoso hasta el punto de que si algún hombre la miraba o le decía algo, se ofendía y estaba listo para pelear. La personalidad de María era educada. Tenía un espíritu muy amigable que hacía que la mayoría de las personas se sintieran cómodas estando a su alrededor. Stan a menudo la acusaba de ser una coqueta y de dar a los hombres una impresión equivocada. María le aseguró a Stan que no estaba haciendo nada más que ser educada. Hizo todo lo posible por afirmar su devoción por él. María le dejó lo más claro posible a Stan que no tenía ningún deseo de buscar amor o afecto de nadie más. Su amor era para él. ¡Solo para él! Los celos de Stan no lo dejaban convencido de la devoción de María por él. Empezó a monitorear sus actividades. Revisaba su celular para ver quién la llamaba. Incluso hizo que algunos de los miembros de su pandilla siguieran sus movimientos y le informaran. Debido a su inseguridad y a la incertidumbre de María sobre cómo relacionarse con otras personas, su matrimonio pronto se volvió aburrido y poco atractivo. Compartía poca semejanza con la emocionante y entusiasta relación que los unió. María se sentía atrapada en un matrimonio que había perdido su amor. Stan estaba frustrado porque María no podía entender cuánto amor sentía por ella. La deseaba. La necesitaba. Ella le pertenecía. Su matrimonio estaba experimentando una ruptura que se dirigía hacia la ruptura. Su dilema relacional se convirtió en un claro ejemplo de lo importante que es para las parejas casadas conocerse. Las parejas necesitan aprender a llevarse bien. Las parejas necesitan saber cómo vivir juntas.

Por qué es difícil establecer y lograr la comunicación en los matrimonios? Entre muchas razones se encuentran las que, al igual que otras personas, incluyen a las parejas que creen que hablar es comunicarse. Hablar es la forma básica de expresión verbal humana. Sin embargo, hablar no siempre es comunicarse. Las parejas que no logran expresarse con las mismas palabras, significado, comprensión y definiciones compartidas continuarán superándose mutuamente. La falta de comunicación... es una de las principales razones por las que las relaciones matrimoniales suelen deteriorarse. Existe un contraste considerable entre hablar y comunicarse. Hablar se trata de convertir las palabras en oraciones para transmitir un pensamiento o una referencia específica. La comunicación es el proceso de comprender las palabras habladas con un significado y entendimiento acordados.

Hablar entre personas se acepta comúnmente como comunicación. Por lo tanto, muchas parejas casadas se convencieron de que porque hablan, saben lo que sus parejas están diciendo o pretenden decir. Sin embargo, sin tener un lenguaje de comunicación compartido, el mensaje expresado por una pareja puede ser completamente opuesto en significado a la comprensión de la otra pareja. Las fallas de comunicación de Stan y María no se limitaron a los lenguajes verbales que usaban, sino que los no verbales también fueron obstáculos importantes para ellos. Los gestos de las manos de María la ayudaron a expresar sus pensamientos, ideas y deseos íntimos. Stan a menudo los malinterpretaba y asumía que ella lo estaba señalando con el dedo o queriendo abofetearlo. Siempre que ella se alejaba de él durante las discusiones, él sentía que ella no valoraba sus opiniones ni respetaba sus dichos. Sin embargo, para María, el temperamento violento de Stan siempre la empujaba al pánico y al temor de que sus gestos físicos algún día la lastimaran. Aunque ninguno de ellos quería causar daño o peligro al otro, sus expresiones animadas indefinidas y la falta de comprensión del lenguaje compartido los dejaron con sus propios significados y conclusiones.

Capítulo 3

Un Lenguaje de Amor Compartido

El lenguaje es un método frágil de expresión utilizado por los humanos cuando se trata de pensamientos, sentimientos e ideas. El lenguaje es un medio torpe por el cual se comparte información. El lenguaje es diverso en significados y más complejo en sus aplicaciones. Sin embargo, el lenguaje es la herramienta necesaria que se nos ha dado para que la comunicación y las conversaciones puedan ocurrir. El lenguaje, el lenguaje compartido, es el camino hacia la comprensión. Proporciona direcciones y confirma los propósitos de la vida. El lenguaje hablado es esencial para el proceso de comunicación, incluso en momentos en que se transmite de manera torpe o incoherente. Por lo tanto, las parejas deben buscar diligentemente la comprensión de los pensamientos, respuestas y lenguaje de sus parejas. Sin comprensión, muchos problemas matrimoniales se encuentran incrustados en la confusión. A menudo, los problemas de relación resultan en que las parejas se conviertan en la negatividad mutua y los insultos. Los comentarios crueles y desmoralizantes, enfocados en la humillación, se convertirán en la herramienta de guerra que las parejas usarán en sus batallas. Este tipo de problemas incluye conflictos y comentarios insensibles que, al final, generan dolor, sufrimiento, infelicidad, críticas y culpa. Cuanto más se lanzan las parejas, más destruirán lo que intentaban construir.

La sabiduría para resolver muchas disputas y discusiones matrimoniales que pueden llevar a separaciones se puede obtener de la pluma del rey Salomón, a quien a menudo se le atribuye ser el hombre más sabio de la historia. «Vive feliz con la mujer que amas durante todos los días insignificantes de la vida que Dios te ha dado en este mundo. La esposa que Dios te da es tu recompensa por todo tu trabajo terrenal» (Eclesiastés 9:9, NTV).

Durante el noviazgo, las parejas rara vez dedican tiempo a analizar las habilidades comunicativas del otro. Simplemente ignoran las palabras, dichos y expresiones que no conocen o con las que no se identifican, considerándolas importantes. Incluso cuando las cosas que se dicen pueden ser incómodas o incómodas, fingen que no les afectan. Están unidos emocionalmente. Cada momento de ausencia del otro genera un interés ansioso por los anhelos y deseos de "no puedo esperar a verte". En su mayor parte, su noviazgo, que les puso estrellas en los ojos y canciones en el corazón, se descubrió más tarde que no había sido más que un amor mítico. Esos elevados

Los sentimientos les dieron razones para amar y enamorarse. Un amor que a veces estaba lleno de entusiasmo y emoción desbordantes. Aunque estas parejas compartían momentos y momentos memorables juntos, se asumía que se comunicaban. Muchas cosas dichas, durante esos momentos, pueden no haber sido dichas con claridad ni fácilmente entendidas. Sin embargo, para las parejas que experimentaban esta etapa de interacciones románticas, las pequeñas diferencias importaban porque para ellos, el amor estaba en el aire. El amor era todo lo que necesitaban. Cualquier discurso, conversación o palabras dichas, sin importar cuán bien, mal, claras o turbias se presentaran, no eran importantes, significativas ni de gran preocupación. Estar enamorado y estar con ese ser querido especial era todo lo que importaba.

El proceso para salvar matrimonios que se encaminan al divorcio requiere que las parejas estén dispuestas a examinar y definir su comprensión del matrimonio. Su concepto de matrimonio incluye la disposición a hacer sacrificios personales y las concesiones necesarias? ¿Valoran la comprensión como el elemento más esencial de la relación en relación con el enfrentamiento de conflictos o desafíos?

¿Su comprensión del matrimonio les impide permitir que los problemas provoquen el deterioro de su relación compartida, convirtiendo el divorcio en un tema de discusión? Su matrimonio les recordará su amor, incluso en tiempos difíciles? Las perspectivas matrimoniales compartidas brindarán a las parejas razones para permanecer juntas. Preservarán lo que han construido. juntos. Evitará que las parejas concluyan que la vida matrimonial ha perdido su brillo, atractivo personal y sexual. Es la profundidad del amor lo que hace que el matrimonio sea significativo. ¿Entendieron que construir una vida matrimonial juntos implicaba luchas, desafíos, discusiones y desacuerdos? ¿Fuc cl matrimonio siempre una expectativa profundamente arraigada para las relaciones unidas o simplemente una consideración ideal o un viaje sentimental? Según el Evangelio de San Marcos 10:6-9 (NTV), "Pero el plan de Dios fue visto desde el principio de la creación, porque 'Él los hizo hombre y mujer'. Esto explica por qué un hombre deja a su padre y a su madre y se une a su esposa, y los dos se unen en uno. Puesto que ya no son dos, sino uno solo, que nadie los separe, porque Dios los ha unido".

Las parejas que están decididas a que sus matrimonios no terminen en divorcio deben centrarse en el amor compartido. Deben brindarse atención amorosa y evitar crear conflictos matrimoniales mediante discusiones y discusiones sobre la separación. La atracción mutua entre las parejas puede basarse básicamente en uno de dos énfasis fundamentales: uno físico y el otro espiritual. Lo físico sigue siendo el principal atractivo de esta postura fundamental, que se centra en la apariencia externa. Hay un dicho que acompaña a esta perspectiva: «No se puede juzgar un libro por su portada». Además de esta atención a la apariencia de las personas, se encuentra la atracción superficial a la fama, la fortuna y los deseos lujuriosos. La atracción espiritual, que es la segunda posición fundamental, se centra en los corazones, las personalidades y las actitudes personales de las personas. Estos elementos dan a las relaciones su mayor sentido de propósito, significado y comprensión del gran valor del amor. Las parejas que aplican principios espiri-tuales en sus relaciones amorosas harán esfuerzos deliber-ados para mantener a Dios en sus matrimonios. Aunque cada atracción ha heredado fallas, decepciones e incluso fracasos, entre las dos opciones, las atracciones espirituales brindan a las parejas la mayor oportunidad matrimonial de éxito. Los principios espirituales de los compromisos matrimoniales se basan fundamentalmente en la compren-sión, el compromiso y el reconocimiento de que el matri-monio es una institución sagrada del amor. El matrimonio fue establecido por Dios y diseñado para construir rela-ciones amorosas duraderas.

"Por tanto, dejará el hombre a su padre y a su madre, y se unirá a su mujer, y serán una sola carne" (Génesis 2:24,

RVR). La Biblia enfatiza además la santidad matrimonial de esta manera: "Honroso sea en todos el matrimonio, y el lecho sin mancilla" (Hebreos 13:4a, RVR). Los cristianos creen que el matrimonio es un acuerdo sagrado entre el hombre y la mujer para amarse y cuidarse mutuamente 'hasta que la muerte los separe'. Las bodas cristianas suelen encontrar parejas haciendo votos de compromiso mutuo. El clero les encarga que estén seguros del compromiso de por vida que están asumiendo. Se les recuerda que los matrimonios no deben contraerse apresuradamente, con ansiedad o sin tener en cuenta los requisitos. El matrimonio no debe buscarse descuidadamente ni comprometerse a la ligera.

El cantante de rhythm and blues Percy Sledge, en su canción de 1968 titulada "Take Time to Know Her", habla de las consecuencias negativas y los resultados desalentadores cuando las parejas ansiosas se casan antes de conocerse. En esta canción, un buen hombre ingenuo conoce a una mujer de la que se enamora inmediatamente y quiere casarse con ella. No sabe nada de su vida, su estilo de vida, sus antecedentes o sus intereses personales. No le preocupa ninguna de esas preguntas. Solo la desea. La ve solo a la luz de su atracción por ella como la mujer de sus sueños. Está tan emocionado por ella que no podía esperar a que conociera a su madre. Cuando su madre la conoce, no la juzga, pero le aconseja discretamente a su hijo que se tome el tiempo para conocerla. Ella le dice que no se apresure al matrimonio. Bueno, el hijo no hizo caso del consejo de su madre. Se casó apresuradamente con esta mujer porque estaba muy enamorado de ella. Aunque el predicador que ofició la ceremonia le advirtió que se tomara el tiempo para conocerla y no se precipitara, no hizo caso de la advertencia de estas dos personas. Sin embargo, después de casarse con la mujer, un día llegó temprano a casa del trabajo y encontró a su esposa con otro hombre. Descorazonado y desanimado, recordó el consejo de su madre: «Hijo, tómate tu tiempo para conocerla. No es algo que se haga de la noche a la mañana. Tómate tu tiempo para conocerla. Por favor, no te precipites». Las parejas que se casan apresuradamente sin darse tiempo para procesar el compromiso a menudo se vuelven vulnerables a malentendidos, decepciones, amargura e ira. Estas emociones negativas suelen llevar a las parejas en apuros a llegar a la conclusión de que la única manera de terminar con el dolor que han experimentado es a través del divorcio.

Desde el principio, los matrimonios fueron concebidos como compromisos de por vida entre hombres y mujeres. El divorcio no debía ser una consideración asociada con el matrimonio. Durante los días del ministerio de Jesús, él fue confrontado con la cuestión del divorcio por líderes religiosos que buscaban atraparlo y acusarlo de violar la ley. Jesús enfrentó sus desafíos con el reconocimiento de que el divorcio no era el diseño de Dios para los matrimonios. Sin embargo, a través de las enseñanzas de Moisés se les permitió escribir una carta de divorcio. En este momento, solo a los hombres se les dio la autoridad para iniciar el proceso de divorcio. Jesús explicó por qué esto estaba permitido. "Por la dureza de vuestro corazón os escribió este precepto. Pero desde el principio de la creación, Dios los hizo varón y hembra. Por esto dejará el hombre a su padre y a su madre, y se unirá a su mujer, y los dos serán una sola carne: Así que ya no son más dos, sino una sola carne.

Por tanto, lo que Dios juntó, no lo separe el hombre" (Marcos 10:5-9).

Este permiso matrimonial se convirtió en un método abusivo mediante el cual los hombres, no las mujeres, tenían la autoridad para disolver sus matrimonios sin justificación específica. Este proceso puso a las mujeres en gran desventaja. No tenían voz ni voto. Al abordar este tema, Jesús dijo: "Cualquiera que repudie a su mujer, dele carta de divorcio. Pero yo os digo que cualquiera que repudie a su mujer, a no ser por causa de fornicación, hace que ella adultere; y el que se case con la repudiada, cometió adulterio" (Mateo 5:31-32).

Quizás esta podría haber sido la condición en la que se encontraba la histórica mujer samaritana de la Biblia. Comúnmente se la conoce como la "Mujer junto al pozo". Su historia incluía la afirmación pronunciada de que se había casado cinco veces (y se había divorciado esa misma cantidad de veces) y que el hombre con el que vivía no era su esposo (Juan 4:1-18, RV). Esta mujer, habiendo estado casada y divorciada tantas veces, a menudo era objeto de burla y se hablaba de ella. Las críticas hacia ella eran tan severas y personalmente degradantes que no disfrutaba de la compañía, la amistad, el compañerismo y otras interacciones personales con las mujeres de su pueblo. La mayoría de las personas que leen y comentan su historia la culpan, pero ¿y si no tenía voz en el asunto? Porque los samaritanos si bien seguía las mismas prácticas religiosas que los judíos, probablemente fue la víctima en cada una de las relaciones de divorcio, al igual que lo serían las esposas judías. Recuerden, cuando el hombre quería separar a una mujer del matrimonio, solo tenía que escribirle una carta de divorcio, y el matrimonio se disolvía (Mateo 5:31, RVR). Esta mujer samaritana que acudía al pozo para obtener su suministro diario de agua no tenía voz, posición ni derecho a cambiar su estatus o condición. Su sustento estaba al cuidado del hombre. Su bienestar estaba a merced de su esposo. Quizás podría haber sido más acertadamente presentada como prisionera de una cultura injusta en lugar de como una mujer de mala reputación.

El matrimonio es una sociedad compartida que no otorga a ninguna persona ventaja de control sobre la otra.

Cuando una persona intenta dictar o dominar cómo se llevará a cabo el matrimonio, la relación perderá su capacidad de aceptar el amor. Aunque estas parejas puedan permanecer juntas, el amor, la cohesión y la intimidad compartida de la relación estarán vacíos y carentes de sentimientos. La comunicación efectiva, las conversaciones sinceras y las conversaciones sinceras evitarán que ninguno de los dos asuma poder, autoridad o control en la relación. El amor impulsará todas sus acciones, asegurará su autoestima, atenderá sus necesidades íntimas, abordará asuntos delicados, resolverá problemas difíciles y... Mantenlos unidos firmemente. Los matrimonios que fusionan dos vidas en un solo amor comienzan con palabras y expresiones compartidas, comunicadas desde el corazón. Las parejas que luchan por comprender el lenguaje del otro a menudo tendrán dificultades para comunicarse. Se dedicará tiempo a escuchar palabras, pero su conversación nunca cerrará la brecha que existe entre la comunicación y la comprensión. Por lo tanto, las parejas que carecen de elementos esenciales para la comunicación que fusionen a menudo encontrarán su relación matrimonial llena de frustración, problemas sin resolver y una vida infeliz.

"SEGURIDAD DEL AMOR"

Peter y Gloria pasaban mucho tiempo hablando de asuntos que afectaban su matrimonio. Sus conversaciones a menudo tenían más desacuerdos que acuerdos. Pronto se dieron cuenta de que su mala comunicación estaba dañando su hogar, sus vidas y el amor que valoraban. Para preservar su relación amorosa, encontraron esencial escuchar con más atención durante sus conversaciones. Había sido durante sus conversaciones que pasaban tiempo hablando por encima en lugar de entre sí. Su nivel de comunicación era tan pobre que a menudo temían tener conversaciones por temor a que su relación se deteriorara aún más. decadencia. Por lo tanto, evitaron muchas conversaciones. Durante algunas de sus conversaciones íntimas, aprendieron que era importante aceptar y valorar lo que cada uno tenía que decir. Esta comprensión de valorarse mutuamente restauró la alegría que anhelaban para su matrimonio.

Peter y Gloria aprendieron que el matrimonio y el aprecio personal se logran compartiendo ideas, pensamientos y una mejor comprensión. Para ellos, era fundamental saber hablarse con cariño y expresar sus sinceras intenciones. Con el deseo de mantener la paz y la armonía en su matrimonio, evitaron que los temas en cuestión generaran divisiones o fueran negativos durante las conversaciones.

Durante su noviazgo, Peter y Gloria no dedicaron tiempo a conocerse mucho. Por lo tanto, como muchas parejas de recién casados, tuvieron dificultades para conocerse y comprenderse. Al darse cuenta de su fracaso en este aspecto, se esforzaron por trabajar juntos para poder vivir juntos. Pronto aprendieron que tener antecedentes similares no garantizaba virtudes compartidas ni los mismos valores. Sus diferentes trayectorias y antecedentes los habían expuesto y condicionado a diferentes formas de vida. Aunque existían algunas diferencias claras entre su enfoque de la vida y el matrimonio, al igual que otras parejas de recién casados, inicialmente pensaron que sus diferencias de origen no marcarían una gran diferencia. Sin embargo, pronto descubrirían que las diferencias de origen no abordadas a menudo conducen a conflictos, problemas y dificultades matrimoniales involuntarias.

El matrimonio no es un producto terminado. Durante su proceso, dos vidas se fusionan en un vínculo sagrado de amor y compromiso. Este proceso matrimonial implica diferencias compartidas que permiten que se produzcan diferentes expresiones de temas, asuntos, diversas actividades y eventos. Las discusiones sobre algunos temas del pasado requieren valentía para compartir o proporcionar información detallada. La razón por la que las parejas casadas que comparten su pasado pueden requerir valentía para hacerlo es que cierta información compartida podría ser difícil de manejar o aceptar. Peter y Gloria se conocieron en un momento en el que ambos se sintieron traicionados y abandonados por sus amantes. Su historia compartida era sobre dolor, heridas, decepciones y pérdidas. Sin embargo, tuvieron el coraje de hablar de ello y compartir su impacto en cómo vivieron. Sin embargo, no todas las parejas casadas poseen este tipo de valentía. A veces, compartir la propia historia puede poner en peligro la forma en que se le percibe o se le entiende. Algunos cónyuges pueden asumir que ciertos comportamientos pasados fueron actos inaceptables y los utilizan en su contra como defectos personales. Por eso, la honestidad es la mejor manera de evitar etiquetas injustas, pensamientos negativos o la sensación de estar atrapado en estas diferencias. Porque las pequeñas cosas irritantes pronto se convierten en agravios que causan fricción en el matrimonio. La expresión honesta de sentimientos y pensamientos entre las parejas les ayudará a encontrar mejores bases para el acuerdo y la aceptación.

Las pequeñas cosas irritantes pueden convertirse en causas importantes de disensiones en los matrimonios. Por lo tanto, las cosas pequeñas, las que se consideran pequeñas y las insignificantes pueden crear grandes problemas en las relaciones matrimoniales. Por ejemplo, cosas tan pequeñas como la forma en que se aprieta la pasta de dientes del tubo podrían convertirse en una irritación (uno aprieta desde arriba, el otro desde abajo o en el medio). El papel higiénico en el baño puede ser un tema de discusión (enrollarlo desde arriba o desde abajo). Estas son pequeñas cosas hasta que hay muchas de ellas. Solas, no parecen importar mucho. Solas, son solo irritaciones individuales. No son preocupaciones agitadoras reales. Sin embargo, juntas son un desastre.

Peter y Gloria permitieron que esas pequeñas irritaciones en su relación se convirtieran en razones importantes para criticar y enojarse mutuamente. El problema principal en esta saga de críticas fue la incapacidad de Peter y Gloria para tener conversaciones serias sobre sus problemas. Constantemente evadían los problemas que perjudicaban su matrimonio. Carecían de la valentía conyugal para abordarlos directamente. No estaban dispuestos a afrontar sus problemas mediante diálogos honestos y conversaciones compartidas. Se desanimaron de intentar... confrontar y discutir sus problemas matrimoniales. Pronto se dieron cuenta de que la comunicación era su principal problema. Hicieron esfuerzos deliberados para compartir y comprender sus pensamientos y opiniones. Acordaron escuchar con más atención a lo que se decía. También acordaron asegurarse de que lo que se escuchaba fuera el mensaje previsto. Se dieron cuenta de que tenían problemas para discutir asuntos matrimoniales. Aprendieron el uno del otro durante este proceso de conocerse que no establecer una buena comunicación conduce a malentendidos, malas interpretaciones y rupturas. Sin embargo, cuando las parejas comparten los mismos significados de las palabras, las mismas definiciones de palabras y se entienden entre sí, evitan muchos conflictos.

Capítulo 4

"No quites las flores de la mesa"

La ceremonia de boda de Peter y Gloria fue simplemente un espectáculo digno de la realeza. Estuvo llena de romance y belleza. El entorno era pintoresco. La atmósfera, alegre. Este día tenía todos los indicios de una relación amorosa que reflejaba un matrimonio feliz y duradero. Al finalizar la ceremonia, esta pareja recién unida se marchó en limusina para experimentar la dicha de su luna de miel. El placer que encontraron en los brazos del otro aumentó sus expectativas de construir un hogar donde envejecerían juntos. Al principio, nada de lo que hicieron o encontraron les robó la alegría y la emoción que encontraron el uno en el otro. Estar constantemente en presencia del otro los hacía sentir completos. Rieron. Hablaron. Se tomaron de la mano al aire libre, caminando por el parque, subiendo y bajando las escaleras. La felicidad personificó su matrimonio.

Desafortunadamente, el amor compartido en su relación los cegó a la realidad de vivir después de la ceremonia y manejar las preocupaciones maritales. Después de unos meses de delicias amorosas, encontraron que su relación estaba plagada de problemas maritales que desafiaban la capacidad de su matrimonio para durar. Aprendieron que los problemas maritales deben discutirse antes de que se conviertan en influencias negativas y roben al matrimonio su dicha alegre. Esto cambiará gradualmente la atmósfera del hogar. Las pequeñas cosas, una vez ignoradas, comenzarán a irritar. Por ejemplo, Peter tenía la mala costumbre de llegar a casa del trabajo dejando sus zapatos sucios en medio de la sala de estar. Lo irritante para Gloria sobre este hábito aparentemente inocente era que dejaban marcas de zapatos notables en el piso. Pisos que ella pasaba horas limpiando. Sus zapatos sucios provenían de su trabajo y de caminar por las obras en construcción. Era el inspector de construcción de la ciudad. Por muy gratificante que fuera su trabajo económicamente para la familia, su hábito de dejar sus zapatos sucios en los lugares equivocados se convirtió en una irritación inaceptable para Gloria. Aunque la desconsideración de Peter molestaba a Gloria, sus actos también le irritaban. Gloria trabajaba en el instituto local como consejera educativa. Era una perfeccionista en cuanto a la limpieza. Cada día, después de clase, dedicaba horas extras a limpiar su área de trabajo, y hacía lo mismo en casa. Quería que su casa estuviera lo más limpia e impecable posible.

Habiendo crecido en un entorno donde la basura, los desperdicios y otros desechos eran adefesios comunes, estaba decidida a no volver a vivir en esas condiciones. Para Gloria, la suciedad, la basura u otros desechos no se encontraban ni residían en su casa. Por lo tanto, vivir bajo estas restricciones en su hogar se convirtió en una condición intolerable e incómoda para Peter. Él no se preocupaba por la limpieza como Gloria. De hecho, era un poco descuidado. Al principio de su matrimonio, Gloria intentó ignorar esta molestia, pero le molestaba. Intentó educadamente hacerle saber a Peter que prefería que no trajera sus zapatos sucios a la casa. Sin darse cuenta de la profundidad de lo que se decía, Peter sonrió y dijo que intentaría hacerlo mejor. Nunca consideró que esto fuera un problema importante ni algo que valiera la pena pensar dos veces. ¡Estaba equivocado! Este era un tema importante que necesitaba su atención de primera clase. Sin pensar ni ser consciente de la profunda consternación que sus acciones o inacciones le causaron a Gloria, continuó dejando sus zapatos en medio de la sala. Gloria sintió que la aparente falta de respeto de Peter a su petición de mantener la casa limpia era muy irrespetuosa. Gloria se sintió incómoda y entristecida por verse obligada a vivir en un entorno inmundo. Gloria sintió que no la apreciaban, que la faltaban al respeto, que se sentía abatida, y que a Peter no le importaban sus sentimientos.

Por otro lado, Peter tenía sus propias objeciones sobre la obsesión de Gloria con la limpieza. Le irritaba que ella tuviera esa actitud de "todo debe estar limpio". Le irritaba que ella constantemente ignorara sus necesidades al pasar lo que parecían horas limpiando el baño, dándose un baño o redecorando los artículos del dormitorio, la sala de estar y/o el comedor. Le irritaba que cuando se trataba de planificar eventos familiares, siempre era a su manera o de ninguna manera. Sin importar lo que él ofreciera, ella siempre cancelaba sus sugerencias. ¡Hablando de estar cómodo en su propia casa! ¡De ninguna manera! Ella constantemente lo hacía sentir como si la casa que se suponía que estaban convirtiendo en un hogar fuera más como una sala de exposición o una casa de exhibición. No dijo mucho sobre su incomodidad con la forma en que se sentía obligado a vivir porque ella parecía feliz y satisfecha. Sin embargo, Peter se sentía triste porque no podía complacer a su esposa. Llegó a creer que Gloria solo le prestaba atención cuando hacía cosas negativas. Ella lo hacía sentir como si para ella no fuera más que una "causa perdida y desordenada". Él acumuló resentimientos silenciosos hacia Gloria. Estos resentimientos silenciosos que ambos llevaban en sus corazones se transformaron en pensamientos negativos el uno sobre el otro. Como resultado de sus objeciones silenciosas, su relación se centró más en críticas, críticas, críticas y comentarios negativos. Las evaluaciones negativas de Gloria hacia Peter, considerando su declive matrimonial... las condiciones la llevaron a cuestionarse su elección de hombres. Se reprendía a sí misma preguntándose cómo podía sentirse atraída por una persona tan sucia y desconsiderada como el hombre que se convirtió en su esposo. La opinión de Peter sobre el declive de su matrimonio le hacía temer llegar a casa al final de su jornada laboral. Empezó a dar la bienvenida a la luz de un nuevo día. Cada mañana anunciaba un nuevo día que le daba motivos y permiso para salir de casa.

El matrimonio de Peter y Gloria se fue alejando poco a poco de la relación amorosa que habían soñado. Esta pareja, antes feliz y dichosa, ahora disfrutaba menos del tiempo juntos. Permitieron que pequeños conflictos se convirtieran en grandes problemas en su matrimonio porque no estaban dispuestos a hablar de sus problemas. En lugar de compartir sus sentimientos sinceros, se desviaban de lo que necesitaban expresar o dar a conocer. En las conversaciones, hablaban con cortesía, pero no con la misma pasión amorosa que los atraía. El ambiente de discordia entre ellos se volvió tan denso que a menudo el silencio se convertía en su mejor forma de hablar. Sabiendo que la simulación tiene una vida corta, un día su silencio estalló en un volcán de palabras desagradables que destruyó la aceptación pacífica de su miseria no expresada. Palabras amargas, palabras hirientes, brotaron de sus labios. Palabras que deberían haber sido pronunciadas con el propósito de buscar comprensión, en cambio, brotaron con saña de sus bocas o tal vez... más honestamente desde sus corazones. Gloria hablando con Peter dijo, "Eres una persona sucia y asquerosa con el cerebro de un cerdo. Debí haber estado ciego para no ver en lo que me estaba metiendo". Peter respondió al insulto de Gloria con la misma crueldad. "Eres una mujer intolerable que hace que vivir contigo sea una miseria y un dolor que ningún hombre debería estar obligado a soportar". Gloria, para no sentirse insultada, gritó, "¿Qué te hace pensar que vivir con una persona que tiene el coeficiente intelectual de un murciélago con retraso mental apreciaría a una mujer culta como yo?" Peter, en un tono furioso, amenazante y profundo, replicó: "Estoy tan cansado de caminar a tu alrededor como si estuviera pisando cáscaras de huevo". (Tomó el jarrón de flores bellamente decorado que servía de centro de mesa al comedor). "Me dan ganas de tirar este jarrón contra las paredes y verlo salpicar por todas partes". Gloria reconoció lo fuera de control que se había vuelto su discusión o confrontación, pensó para suavizar el ambiente. "Por favor, no quites las flores de la mesa", pidió en voz baja. "No son la razón por la que nos lastimamos". Para no ser menos, Peter también suavizó su tono y se volvió más considerado con lo que estaba ocurriendo. Se dio cuenta de que le convenía parecer tan civilizado como Gloria durante esta disputa para que no le echaran la culpa del fracaso matrimonial. "¿Qué ha sido de nosotros?", preguntó.

"Dónde se fue el amor?" "Pensé que habías dicho que me amabas". Señala a Gloria y le pregunta, "Qué puedo decirte para que las cosas mejoren?" Gloria hizo una pausa y, con tono frío, dijo. "Nada! ¡Hemos terminado! Quiero el divorcio".

Qué le pasó a esta pareja? ¿Dónde se rompió su relación? La respuesta siempre estaba frente a ellos. Sus conversaciones no bastaban para sostenerlos. No lograron comunicarse el amor necesario para mantenerse unidos. Solo les quedaba la pregunta: Dónde nos equivocamos?

Capítulo 5

"Romance coordinado o no?"

Oliver y Sandra crecieron en el mismo vecindario, fueron a la misma escuela secundaria y, durante un corto período de tiempo, se supo que tenían una relación amorosa íntima muy seria. Como pareja, parecían encajar de forma natural y estaban destinados a estar juntos para siempre. El afecto que sentían el uno por el otro y la atención detallada que se brindaban se mostraba como un modelo de amor verdadero. Cada acción e implicación que tenían complementaba el amor que compartían. A todos los que los conocían, observaban y observaban cómo se acercaban les parecía que compartían un tipo de amor inseparable. Sin embargo, después de graduarse de la escuela secundaria, decidieron confiar en la seguridad de su amor asistiendo a universidades en diferentes estados. Esta separación se convirtió en una prueba de confianza para su amor. Desafió su amor, lo que los llevó a enfrentar los difíciles obstáculos de permanecer juntos.

juntos estando separados. Al principio, parecía que el plan acordado para mantenerse en contacto durante la separación no plantearía ningún problema de relación. Al principio, Oliver y Sandra se mantuvieron fieles a su compromiso de amor y a sus citas de fin de semana. A lo largo de la semana se mantuvieron en contacto por teléfono. Todo se estaba arreglando como lo habían planeado para mantener vivo su amor.

Sin embargo, como ocurre con todas las relaciones a distancia, no solo el lugar separa a las personas, sino también el tiempo. Con el paso del tiempo, esta pareja amorosa notó el impacto de estar separados. Sus vidas adquirieron nuevos intereses. Conocieron e hicieron nuevos amigos cuyas influencias provocaron cambios en sus objetivos, motivaciones y personas en sus vidas. Laura era una hermosa joven entre los nuevos amigos de Oliver. Su influencia sobre él se volvió tan fuerte que pronto olvidó su compromiso con Sandra. El amor engañoso de Laura le robó a Oliver el afecto y los momentos de intimidad previamente reservados para Sandra. Esta oportunidad para que alguien interrumpiera su relación con Sandra estaba ahí porque mantener una conexión amorosa a distancia siempre es difícil. Les resultaba difícil mantener la relación. Cada uno necesitaba a alguien que llenara su vacío de atención personal que este romance a distancia no podía llenar. Nuevas personas. Nuevos cambios. Oliver y Sandra se convirtieron, a los ojos del otro, en personas diferentes de las que se habían conocido. Habían se convirtieron en una pareja distante. Alguna vez compartieron un amor tan profundo que se creía que duraría para siempre. Ahora, separados de ese amor, se enfrentaban a la opción de establecer nuevas vidas, nuevos amigos y nuevos intereses amorosos. Oliver y Sandra se dieron cuenta de que seguir fingiendo que su amor distante podía mantenerse solo invitaría a uno o ambos a desviarse de su acuerdo y compromiso. Por lo tanto, la relación amorosa, una vez disfrutada, comenzó a decaer con menos llamadas, contactos infrecuentes y excusas constantes por las ocasiones planeadas que no se presentaban. Después de que todas estas actividades se acumularan, acordaron terminar la relación, pero seguir siendo amigos.

Aceptar seguir siendo amigos parecía la manera noble y amistosa de terminar la relación sin parecer indiferente. ¡Quizás! ¡De todas formas! El amor que una vez cautivó sus corazones ya no estaba disponible para ellos. El tiempo y la distancia cambiaron su enfoque, interés y momentos íntimos. Sus momentos reservados para el amor compartido habían sido robados y reemplazados por nuevas personas en sus vidas. Esto finalmente provocó que la relación terminara. Sus nuevas vidas, nuevas personas y nuevos intereses los llevaron a cada uno por caminos diferentes a los que habían buscado recorrer juntos

Oliver se casó con Laura, su novia de la universidad. Su matrimonio duró cinco años. La relación matrimonial entre Oliver y Laura estuvo llena de años de discordia y desconfianza.

Entre los elementos que faltaban en este matrimonio estaba una relación amorosa centrada en la intimidad sincera. Aunque Oliver se esforzó por que su matrimonio funcionara, Laura pronto se cansó de él. Todo lo que parecían tener en común mientras salían resultó ser más tarde una fachada de cortejo. Después de estar casados durante unos años, Oliver se sintió destrozado por un amor que no duró y un amor verdadero que dejó atrás. Sucedió así. Una tarde, llegó a casa del trabajo y descubrió que su esposa había terminado la relación. Le dejó una pequeña nota que decía: "¡Me voy!". Oliver se dio cuenta de que correr tras ella no le traería ni alegría ni satisfacción. Solicitó y obtuvo el divorcio de Laura.

Por otro lado, en esta historia de amor, arrepentimiento y renovación, Sandra se involucró con uno de sus profesores universitarios, quien recientemente había enviudado. Él perdió a su esposa por cáncer. Su matrimonio con Sarah, su difunta esposa, fue un preciado romance de 30 años. Tras su muerte, el profesor se sintió muy solo y con una necesidad desesperada de una mujer con quien compartir su amor. Cuando Sandra mostró interés en compartir tiempo con él, se sintió renovado espiritualmente. Además, siendo un hombre mayor, se sintió halagado de que una hermosa joven como Sandra quisiera estar con él. No sabía que Sandra también se sentía sola y buscaba a alguien que la amara. Pronto, esta relación, que duró de mayo a diciembre, se consumó en matrimonio. Sin embargo, su unión fue objeto de escrutinio por parte de personas externas dispuestas a juzgar a Sandra como una mujer cazafortunas. Quienes la juzgaban así no la conocían. Se equivocaban. No buscaba una relación con un hombre rico. Quería amar y ser amada.

Quizás fue el enfoque amoroso y atento del Profesor hacia ella lo que lo hizo parecer especial. Tal vez fue su brillo regio lo que la atrajo hacia él. En cualquier caso, los modales amables y respetuosos del Profesor hacia ella le dieron a Sandra la seguridad y el consuelo que necesitaba para confiar en él, amarla. Se involucraron. Su matrimonio fue realmente un romance de mayo a diciembre. Desafortunadamente para Sandra y el Profesor, su matrimonio duró poco. El Profesor enfermó y murió. Le diagnosticaron el mismo cáncer terminal que Sarah, su difunta esposa. Sin que ellos lo supieran, habían estado expuestos indirectamente a algunas toxinas químicas que les causaron cáncer de pulmón. Sandra, desconociendo este aspecto de su salud, lo colmó de amor, atención y cuidado que no había experimentado desde que Sarah murió. Complementario a sus características de caballero, el Profesor trató a Sandra como la princesa que ella deseaba ser adorada. Entonces sucedió. Su tiempo llegó a su fin. El Profesor en su lecho de muerte tomó a Sandra de la mano y la sostuvo firmemente entre sus manos. La atrajo más cerca de él. Le besé la mano y le susurré palabras entrañables de amor para que las recordara: "Tú eres mi princesa para siempre! Cerró los ojos y se durmió. Sandra estaba desconsolada por la pérdida de este hombre tan preciado en su vida. Sin embargo, agradecía que Dios le hubiera dado a este hombre para amar.

Las vidas de Oliver y Sandra habían dado un giro decisivo respecto a la vida que habían planeado juntos. Empezar de nuevo en el juego del amor fue un proceso incómodo para ellos. Oliver se desanimó y decepcionó por lo repentino que terminó su matrimonio con Laura. No estaba seguro de si valía la pena buscar el amor de nuevo. Antes de que su matrimonio con Laura terminara en divorcio y decepción, Oliver pensaba que las personas se casaban para vivir felices juntas. Pensaba que todo lo que un hombre necesitaba para tener un matrimonio exitoso era una mujer tierna a la que amar y llamar suya. Una mujer honesta que tuviera una devoción amorosa por él. Una buena mujer que se comprometiera a hacer del matrimonio una relación duradera. Por el contrario, el matrimonio fracasado de Oliver con Laura, su novia de la universidad, dejó su espíritu herido y su corazón profundamente marcado. Su relación rota lo dejó dolido por las punzadas y dolores del rechazo matrimonial, el fracaso y la incompletitud.

Sandra, tras ser abandonada por Oliver por otra mujer, decidió seguir adelante con su vida. Se sintió destrozada porque le habían robado el amor que tanto apreciaba. No lo vio venir. Aunque debería haberlo notado señales que indicaban que su actitud y compromiso con ella estaban cambiando. Sus acciones y el tiempo que pasaba con ella se veían desafiados por nuevos intereses e influencias en su vida. Pronto, Sandra se dio cuenta de que su relación había terminado. A Sandra solo le quedaban recuerdos de lo que compartían como pareja. Estos recuerdos a menudo la deprimían al pensar en ellos, mientras intentaba comprender qué había salido mal. Su relación le parecía perfecta. Él la amaba y ella lo amaba. Se tenían el uno al otro. Ahora, eso había terminado. El amor distante hizo que la atención de Oliver buscara placer en los brazos de otra mujer. Ella se quedó sola.

En un esfuerzo por evitar sus sentimientos de vacío y soledad, Sandra se ofreció como voluntaria en el Centro Comunitario. Disfrutaba ayudando a las personas que a menudo acudían al Centro con una gran variedad de problemas y asuntos. A veces se sentaba a escuchar a personas solitarias cuya única necesidad era que alguien escuchara sus penas. A menudo, se encontraba ignorando sus propias luchas con la soledad para brindarles toda su atención. Sin saberlo, la amabilidad y el cuidado con los que trataba a los demás serían el imán que la llevó a conocer a un hombre amable y gentil que la quería para sí mismo. Como si fuera un escenario de cuento de hadas, Sandra se sintió atraída por este anciano que, enamorado de su belleza, le brindó toda la atención que deseaba. El profesor, como ella llegó a conocerlo, reconoció que la belleza en esta mujer se mostraba en su personalidad y su cuidado por los demás. El profesor pensó que Sandra dándole su valioso tiempo, atención y preocupaciones por otras personas la convertía en una persona extraordinaria. El altruismo de Sandra fascinó tanto al profesor que quiso hacer cosas especiales por ella para que supiera que otros apreciaban su bondad. Quería que supiera que era amada. Creía que era hora de que Sandra recibiera el mismo tipo de amor que a menudo les daba a los demás. Por lo tanto, en presencia de muchos, se arrodilló y le pidió que se casara con él.

Desde el comienzo de este romance de cuento de hadas hasta el día en que cerró los ojos al morir, el profesor hizo todo lo posible por elevar la confianza de Sandra en sí misma y su autoestima. Hizo grandes esfuerzos para hacerle saber que la amaba y que siempre la reconocería como su hermosa reina. Se deleitaba en darle todo lo que su corazón deseara. Su principal motivación era hacerla feliz. A menudo, le decía que Dios lo había bendecido con dos esposas que eran mujeres distintas, únicas y extraordinariamente hermosas. En ningún momento violó su amor y devoción con ninguna de las dos. Su primera esposa, Sarah, enfermó y murió repentinamente, dejándolo solo y necesitado de tierna compañía amorosa. Siendo un hombre mayor, no se atrevió a confiar en sus propios instintos. En cambio, oró y pidió dios le pidió a esa persona que borrara su soledad y le diera alguien a quien amar. Alguien que no se aprovechara de su amor. Creía que Sandra era un regalo de Dios.

El profesor murió después de vivir unos años felices con Sandra. Según el profesor, el amor de Sandra le quitó su vacío y le devolvió la alegría de vivir. Después de su muerte, Sandra volvió a encontrar la soledad como su compañera. Muchos hombres intentaron captar su atención y afecto, pero su marido había establecido estándares tan altos para colmarla de amor, cuidado y atención especial que era difícil para cualquiera de ellos calificarlo o capturarlo. La vida se volvió difícil para Sandra para encontrar propósito y significado. Los días se volvieron más como semanas, las semanas más como meses y los meses más como años. Tiempos tristes. Sandra intentó desesperadamente reemplazar su pérdida de compañía con eventos y actividades. Nada parecía capaz de medirse con los estándares y la vida alegre que disfrutaba con el profesor.

Era un caluroso día de verano cuando Sandra regresó a casa para la vigésima reunión de exalumnos de su instituto. Un poco reacia a ver a algunos compañeros después de tantos años, pensó que la reunión le proporcionaría unos momentos de alegría. Necesitaba algo que llenara el vacío en su vida. Después de darle vueltas a la idea de asistir a la reunión, se preguntó cuál sería el decoro social. Sería más como estar con un grupo de juguetones jóvenes y gigantescos, en un desfile o en una noche escuchando a triunfadores presumir y modelar su éxito para impresionar a los demás? Se preguntaba si asistir le beneficiaría. Pensó que no ir no significaría nada perdido, porque después de tanto tiempo, a quién recordaría? Quién la recordaría a ella? Apenas recordaba sus nombres. Sin embargo, sabiendo cómo la vida cambia la apariencia de las personas, dudaba que reconociera a alguien. Aun así, se animó a intentarlo y a hacer todo lo posible por superarlo.

Entonces ocurrió este momento inesperado. Notó a una persona sola. Se preguntó si estaría sola o esperando a alguien. Lentamente entró al salón de baile, sorprendida de encontrar un ambiente tan cálido y acogedor. Se sentía bien estar en la reunión de su clase. Aunque no reconoció a nadie, ni nadie pareció reconocerla a ella. Inmediatamente después de encontrar un asiento aislado para observar a los muchos excompañeros que asistían al evento, este hombre aislado seguía de pie solo. Acercándose a donde estaba, lo reconoció como Oliver, el antiguo amor de su vida. Era la única persona en su clase a la que conocía muy bien. Aunque habían pasado muchos años entre ellos, se alegró de verlo. ¡Hablaron y hablaron y hablaron! Reviviendo viejos recuerdos. Pronto se encontraron el uno al otro los brazos revivieron el amor que dejaron atrás. Parecía que la vida los había vuelto a unir. Su romance natural los llevó más rápido de lo que sus vidas deberían haberlo hecho. En poco tiempo, planeaban una boda que superaría los años pasados y los conectaría con los momentos que compartieron juntos.

Oliver y Sandra eran felices estando juntos de nuevo. Era el destino? La providencia? O la casualidad? Fuera lo que fuese, les daba igual. Volvían a estar abrazados. Volvían a estar juntos! Gracias a las consecuencias de sus matrimonios anteriores, eran libres de abrazar el amor que devolvía el sentido a su pasado. No había ningún obstáculo que les impidiera retomar el distanciamiento. Sin embargo, pronto aprenderían que, como en la mayoría de los casos, su ayer estaba destinado a seguir siendo ayer. Hoy es vida ahora. Cuando parejas como Oliver y Sandra intentan retomar una relación que terminó con dolor, sufrimiento y decepción, no solo deben considerar el impacto de su ruptura, sino también estar dispuestos a dejar atrás los problemas del ayer. Deben permitir que el ahora sea quien son.

Oliver y Sandra se casaron de nuevo. Esta vez entre sí. Sin embargo, a diferencia de antes, cuando no tenían compromisos sentimentales previos, esta vez aportaron al matrimonio experiencias personales y experiencias conyugales historias. Oliver y Sandra creían que lo aprendido de matrimonios anteriores les proporcionaría una mejor comprensión de la vida matrimonial. Cada uno había desarrollado sus preferencias sobre la convivencia. A menudo, cuando las parejas viven sus matrimonios o relaciones solo con sentimientos, terminan en decepciones. Las relaciones amorosas exitosas deben tener el esfuerzo intencionado de superar los fracasos del pasado en busca de un futuro mejor. En otras palabras, dejar de mirar atrás y avanzar.

Se suponía que los matrimonios anteriores de Oliver y Sandra serían un nuevo comienzo de amor para cada uno de ellos. Sin embargo, parecía que tan pronto como comenzaron sus matrimonios, terminaron abruptamente. El de Oliver terminó en divorcio. La muerte fue la razón por la que el de Sandra terminó. Ahora, habiéndose reencontrado, pensaron que era necesario evaluar la vida matrimonial a través de sus experiencias previas. Pensaron que era necesario discutir qué pensaban que haría del matrimonio una sociedad duradera o qué lo causaría fracasar. Algunos elementos relacionales que acordaron que marcarían la diferencia incluían el amor, la ternura, la confianza y el aprecio. Además, acordaron que un matrimonio sin estos rasgos personales se disolvería en interacciones rutinarias. En lugar de compartir abrazos con amor confirmado, se conforman con abrazos desalmados y vacíos. En lugar de hablar y escuchar tiernas palabras de amor y deseo, sus conversaciones se convierten en palabras apasionadas.

La relación reavivada de Oliver y Sandra y su segundo intento de matrimonio fue una oportunidad para que hicieran realidad su sueño inicial de pareja. Sin embargo, no estaban del todo convencidos de que esta oportunidad fuera real. No estaban seguros de si su relación de "reinicio" había ocurrido por simpatía, conveniencia o una renovación oportuna. En cualquier caso, no creían que ninguno de los aspectos fuera una solución funcional para un matrimonio a largo plazo. Sin embargo, siguieron adelante con el matrimonio, eludiendo todas las preguntas y dudas que tenían. Había un miedo en torno a su renovada relación. Un miedo compartido de volver a perderse el uno al otro. Un miedo compartido de ser culpados si el matrimonio no funcionaba. Un miedo compartido de que su relación se declarara un fracaso.

La alegría de su matrimonio duró poco. Tras un tiempo de convivencia, sus problemas de adaptación revelaron posibles diferencias que les preocupaban. Aunque compartían una historia, debido a la separación y otras relaciones, necesitaban reencontrarse. Necesitaban tiempo, tiempo personal, tiempo íntimo para conocerse mejor y profundizar en su futura relación de por vida. Sin embargo, surgieron conflictos que interrumpieron el proceso que necesitaban para acercarse. Uno de ellos fue su horario de trabajo. El horario de trabajo de Oliver lo hizo llegar a casa alrededor de la medianoche. El negocio de Sandra requería que ella comenzara muy temprano en las horas de la mañana.

Sus horarios intempestivos les dejaban poco tiempo juntos. Esto se convirtió en un problema grave, ya que no podían iniciar encuentros sexuales ni íntimos de forma regular.

Oliver, al ser desconsiderado con el horario de trabajo temprano de Sandra, se irritó con ella porque se iba a la cama antes de que él llegara a casa. Esto le impedía tener relaciones sexuales con ella. Sandra sentía que Oliver era insensible a su necesidad de descanso, sabiendo que él llegaba tarde a casa y ella tenía que levantarse temprano. Este obstáculo marital causó un profundo resentimiento en su relación. Reconociendo la importancia de resolver este problema, acordaron elaborar un horario para coordinar momentos íntimos y románticos. Su plan inicialmente parecía bueno y lógico. Sin embargo, se convirtió en un desastre. Sus momentos sexuales coordinados carecían de intimidad y pronto se volvieron rancios, robóticos y menos satisfactorios que antes de intentar este tipo de interacciones. Ambos se sentían insatisfechos en sus encuentros en la cama. Por lo tanto, coincidieron en que su relación no estaba funcionando como deseaban. Así que, en lugar de vivir este matrimonio farsa, decidieron terminarlo. Estaban desconcertados de que su renovada relación no funcionara. Asumieron que, a pesar de los tiempos separados, el destino los reencontró. Aunque creían que su unión tenía una inspiración espiritual, se dieron cuenta de que lo mejor para ellos sería simplemente alejarse para encontrar la felicidad con otra persona. No tenían respuesta a la pregunta: en qué nos equivocamos?

Capítulo 6

"La manera en que la gente piensa"

Las parejas casadas no comienzan sus relaciones sin pensamientos, ideas ni expectativas preestablecidas. Con frecuencia, ya tienen una visión formada de sí mismos, de la vida misma y del mundo. Todas las actividades de la relación están influenciadas por lo que cada persona ha aprendido, opinado y experimentado. Todos los elementos de la vida en pareja desempeñan un papel importante en el proceso matrimonial. Estos elementos de la vida afectarán la forma, el crecimiento y la sostenibilidad de las relaciones. La forma de pensar de cada persona se reflejará en las acciones que realiza en la relación.

El pensamiento es un engranaje fundamental en el proceso de comunicación. Muchas personas en una relación se sienten desconcertadas porque sus conversaciones sobre asuntos maritales a veces se vuelven frustrantes porque sus palabras se malinterpretan o se aplican incorrectamente.

El problema en estas interacciones es que las parejas a menudo asumen que las palabras son su única herramienta de comunicación. Si bien las palabras se reconocen y aceptan fácilmente como parte fundamental del proceso de comunicación, la comunicación no se limita solo a ellas. El proceso también incluye gestos y otras expresiones.

En el ámbito de la comunicación, hombres y mujeres a menudo difieren en sus pensamientos y patrones de observación. Se percibe que los hombres se centran más en el panorama general. Las mujeres se centran más en los detalles. A menos que las parejas comprendan cómo procesa la información su pareja, la comunicación en la relación seguirá siendo un acuerdo inalcanzable. Otra diferencia de patrones entre ambos es que los hombres suelen ser menos verbales o hablan menos durante las conversaciones compartidas. Las mujeres son más propensas a ser más conversacionales y a hablar abiertamente sobre sus sentimientos y preocupaciones. Estas diferencias a veces causan conflictos contenciosos entre las parejas cuando las mujeres interpretan que el silencio de sus hombres significa que no están preocupadas. Quizás concluir que los hombres están menos involucrados y no están dispuestos a abordar los problemas matrimoniales debido a su silencio podría ser erróneo. Cuando existe una brecha de comunicación entre las parejas, muchas cosas que se dicen y se hacen pueden interpretarse erróneamente. Por lo tanto, cuando las discusiones matrimoniales se convierten en discusiones acaloradas, se dicen cosas que tal vez no deberían decirse porque uno o ambos podrían verse perjudicados Herido. Lo último que las parejas necesitan o deberían desear es que, después de una discusión, uno de ellos se sienta menospreciado, dado por sentado o poco importante.

Las parejas que desean conservar y fortalecer sus matrimonios deben ser conscientes de que sus relaciones no pueden depender únicamente de las conexiones físicas. Debe haber espacio para los compromisos espirituales, especialmente en matrimonios que comenzaron con votos sagrados y compromisos espirituales de permanecer juntos. Cuando surgen tentaciones para terminar la relación debido a dificultades matrimoniales, mantener la unión suele ser más de lo que las parejas pueden lograr solas. Tener a Dios residiendo en las relaciones matrimoniales les proporciona la energía necesaria para trabajar juntos y permanecer unidos. Esta determinación espiritual anima a las parejas con dificultades a mantener su fe en Dios, especialmente cuando las tensiones de la vida matrimonial desafían su voluntad de permanecer juntos. Las soluciones de Dios para matrimonios con problemas y desafíos cambiarán las cosas. Transformarán las posibles rupturas en una reconciliación digna de amor. Las parejas que desean reparar los fragmentos rotos en sus relaciones encontrarán un fuerte poder de recuperación cuando permitan que "una breve charla con Jesús" se inserte en sus conversaciones. Cuando las parejas usan la ceremonia matrimonial tradicional para unir sus vidas, invocan el nombre de Dios y hacen compromisos matrimoniales y espirituales ante Él. Juran no permitir que nada ni nadie los separe o los divida.

El matrimonio, creado por Dios, fue instituido como un método espiritual para conectar al hombre y a la mujer en un solo vínculo de amor. El matrimonio es una relación sagrada que no debe comprometerse sin que las parejas reciban asesoramiento que explique los compromisos y requisitos matrimoniales. Las parejas que comparten buenas expresiones de comunicación a menudo mantienen la cohesión en sus matrimonios y facilitan una mejor comprensión mutua.

Capítulo 7

La vida matrimonial de Peter y Gloria

Peter y Gloria encontraron que la vida matrimonial era complicada y estaba llena de interacciones incómodas y malentendidos. Su principal problema radicaba en las dificultades que tenían para compartir sus pensamientos, ideas y conversaciones. Los problemas expuestos en su relación crearon tensiones no abordadas. Esta incapacidad para hablar entre sí y comunicar sus preocupaciones hizo que sus intereses matrimoniales decayeran. Independientemente del tema, había conflictos. Si Peter decía que era un buen día, Gloria encontraba defectos en su evaluación. Siempre que Gloria recomendaba que hicieran algo que ella pensaba que sería bueno para su alegría y placer, Peter no podía ver el entusiasmo, el placer o el disfrute que él obtendría de ello. Su relación amorosa pasó de ser de sentimientos cálidos con emociones alegres, a ser fría e indiferente el uno hacia el otro. Su el matrimonio se convirtió en un contraste entre el amor y el resentimiento. En lugar de permitir que su relación fuera como dos barcos que cruzan la noche forjando vínculos amorosos, se convirtieron en dos trenes destructivos rumbo a una colisión.

Peter y Gloria no habían considerado que su relación matrimonial alguna vez se involucraría en conflictos, problemas o asuntos personales sin abordar. Aunque sabían que eran necesarios algunos ajustes debido a sus diferencias de antecedentes. Sin embargo, se convencieron a sí mismos de que el verdadero amor que compartían sería suficiente. Al principio, celebraron su diversidad y se deleitaron en sus diferencias. Sin embargo, con el paso del tiempo, este pensamiento contrastante se volvió irritante para ellos de diversas maneras. Debido a estas diferencias inquietantes, pronto descubrieron que muchas de sus conversaciones terminaban en discusiones. No podían decir mucho sin que el otro criticara lo que se decía y criticara el proceso de pensamiento. No podían ponerse de acuerdo sobre el tono aceptable de respeto o qué tan alto debía ser el volumen antes de que se volviera irrespetuoso. Voz levantada. Tono irrespetuoso. Presencia autoritaria. Si uno u otro hacía una o todas estas acciones, se determinaba que estaba totalmente mal. Cuando Gloria a veces hablaba en voz alta, Peter la etiquetaba de histérica. Sin embargo, cuando la voz de Peter se volvió más fuerte, Gloria se sintió intimidada y lo acusó de intentar dominarla o dominarla. Si alguno de los dos hablaba en voz baja o suave con otra persona, ya fuera en el... por teléfono o en persona, el otro hacía parecer que se estaba compartiendo información secreta o ilícita. Sí! Podían ver que la buena relación que una vez compartieron se estaba desvaneciendo. Todo lo que valoraron al principio en su relación se estaba devaluando por su incapacidad para hablar.

Al principio, Peter y Gloria creyeron que su relación amorosa era un regalo espiritual de Dios. Sin embargo, la incertidumbre de su futuro juntos, debido a la pérdida de esa atracción magnética que una vez compartieron, los llevó a considerar si debían intentar mantener vivo su amor. Ya no compartían conversaciones positivas ni reían a carcajadas juntos. Como la relación no había estado a la altura de sus expectativas iniciales, cada uno, en silencio, cuestionó la relación en su corazón y se preguntó: "En qué nos equivocamos?"

Parte 2

FINANZAS
(Muéstrame el dinero)

Capítulo 8

"Planificación financiera"

Las finanzas son el segundo de los cuatro elementos importantes en los matrimonios que a menudo determinan el éxito o el fracaso de la relación. Las finanzas, o el dinero, en los matrimonios son el recurso más importante con el que las parejas construyen sus vidas. Por lo tanto, es esencial que las parejas desarrollen planes financieros que se adapten a sus estilos de vida. Ser buenos administradores del dinero garantizará una planificación financiera exitosa. La mayoría de las personas acepta que el dinero es lo necesario para vivir, crecer y sobrevivir. Sin embargo, las parejas casadas, al administrar y gastar el dinero, tienen diferencias entre la soltería y la vida matrimonial. Estar casado requiere compañerismo, comprensión y amor. Antes del matrimonio, las parejas eran libres de gastar su dinero como quisieran. Como individuos, tenían control total y la última palabra sobre cómo, qué, cuándo y dónde su dinero se gastó. Sin embargo, en el altar del compromiso, ya no eran individuos. En los matrimonios, el enfoque debe ser sobre la relación, sobre "nosotros" y "nuestro", y no "yo" y "mío". En los matrimonios, es necesario que todo el dinero y las ganancias financieras sean discutidas, acordadas y planificadas entre las parejas. Esto evitará o negará los problemas y las preocupaciones diseñadas para robar a las parejas sus relaciones pacíficas. La vida sería un mundo ideal para las parejas casadas si no tuvieran que preocuparse por el dinero para gastar, los ingresos para vivir o tener que ahorrar para la jubilación. Desafortunadamente, la vida real requiere dinero para vivir, pagar cuentas, hacer otras cosas y tener alegría. Sin embargo, la alegría de la vida matrimonial es más satisfactoria que preocuparse por el dinero o la falta de él. Un matrimonio feliz unido por el amor es más satisfactorio que todos los conceptos monetarios o financieros. El matrimonio es más que un concepto. Es una responsabilidad amorosa. Es un compromiso afectuoso. Es una oportunidad de vida para que las parejas se unan.

Capítulo 9

Financiamiento de matrimonios

Peter y Gloria llegaron a comprender que el matrimonio es un proceso de amarse y aprender el uno del otro. Este proceso también implica, a veces, una lucha dolorosa con asuntos y circunstancias matrimoniales difíciles. Las finanzas siempre son una consideración importante cuando las parejas comienzan su vida juntos. Es necesario hacer ajustes en los gastos. En lugar de pensar como uno, la consideración debe incluir a dos. En su esfuerzo por convertirse en la pareja amorosa que deseaban ser, Peter y Gloria llegaron a un acuerdo sobre cómo gastarían su dinero. Inicialmente, pensaron que podrían seguir ganando y gastando su dinero como si aún fueran solteros. Esto les funcionó bien hasta que las facturas mensuales comenzaron a acumularse sin que ninguno de los dos asumiera la responsabilidad de administrarlas, contabilizarlas y pagarlas. Pronto se dieron cuenta de que algo había un error en su proceso de administración del dinero. Las notificaciones de facturas por desconexiones de servicios públicos se convirtieron en momentos de acusaciones, insultos y culpas por las condiciones que enfrentaban. Además, no pagar el alquiler a tiempo les acarreaba avisos de desalojo.

A medida que las facturas mensuales comenzaron a acumularse y al no tener suficiente dinero para pagarlas, esta pareja amorosa comenzó a lanzarse acusaciones, como torbellinos voladores, el uno al otro. Se les hizo evidente que no habían discutido adecuadamente el papel que desempeñaba el dinero en su relación. Este reconocimiento mal concebido sacudió la paz amorosa que compartían inicialmente. La atmósfera tranquila y serena de su hogar y relación fue reemplazada por interacciones contenciosas, preocupaciones y señalamientos. Por unos momentos, cada uno de ellos se sintió traicionado por las imágenes, alusiones y conceptos del matrimonio que les habían dado las personas en el camino. Nadie les había expresado ni hablado sobre la importancia de administrar financieramente su dinero. Al estar atrapados financieramente atrasados y haber incurrido en más deudas a través de sus gastos individuales, se encontraron viviendo de sueldo a sueldo. Viviendo de esta manera, encontraron poca alegría en estar casados. Se hicieron preguntas como, ¿cómo pudieron haber cambiado las cosas tan drásticamente? ¿Qué se podía hacer para devolver la felicidad a su hogar? Es el precio del matrimonio un costo demasiado alto a pagar?

Uno de los muchos problemas que Peter y Gloria tenían con la administración del dinero era saber cuánto dinero tenían juntos. Desafortunadamente, habían adoptado la práctica de ocultarse mutuamente sus finanzas. Eso significaba, para ellos, no revelar todos sus recursos financieros. Guardar secretos sobre el dinero en las relaciones matrimoniales es como sentarse sobre una pila de dinamita con el cañón encendido y ardiendo rápidamente. Es solo cuestión de tiempo antes de que haya explosiones. Especialmente cuando se enfrentan a tiempos financieros difíciles. No hubo excepción a esta regla para Peter y Gloria, ni tampoco para ninguna otra pareja que intenta ocultar sus objetos de valor a sus cónyuges.

Peter y Gloria recibieron mala asesoría financiera de algunos de sus amigos casados antes de casarse. Sin tener un conocimiento profundo de cómo administrar financieramente un hogar, confiaron en algunos de sus consejos personales sobre administración del dinero para ayudarlos. Pronto aprendieron que mucho de lo que vieron y oyeron no era lo que necesitaban. Un consejo que les dieron los alentó al engaño marital sobre sus finanzas. Ese consejo sugirió que las parejas no deberían revelar ni compartir toda su información financiera con sus cónyuges. Por muy atractivo que les resultara este consejo, resultó ser una información imprudente. Aprendieron que este ejemplo de práctica financiera en la vida marital causa más problemas financieros. En lugar de trabajar juntos como pareja casada, sintieron con licencia para seguir controlando su dinero como si fueran solteros. Esta guía errónea o engañosa para una buena administración del dinero les dio una comprensión errónea de cómo administrarlo mejor. Afortunadamente, fueron lo suficientemente sabios como para hablar entre ellos sobre la diversa información financiera que recibían de sus numerosos amigos. Sus problemas financieros se debieron a no hablar de sus asuntos financieros. Peter y Gloria aprendieron la importancia y el valor de tener un matrimonio donde pudieran hablar abierta y honestamente sobre sus asuntos maritales.

Las soluciones de administración del dinero requieren que las parejas casadas hablen entre sí sobre la administración de su dinero. En este proceso, deben estar dispuestos a compartir el valor de sus recursos financieros y acordar cómo administrarán su vida. Hablar sobre la administración del dinero es muy diferente a saber cómo administrarlo. La comunicación efectiva es más que decir: "Hablamos de cosas todo el tiempo". El lenguaje de comunicación compartido aclara confusiones, malentendidos y suposiciones. Cuando se trata de discusiones financieras, las parejas necesitan saber lo que están diciendo, y cada uno sabe de qué están hablando. Porque si se manejan mal, las preocupaciones financieras pueden descarrilar fácil y frecuentemente las relaciones matrimoniales. Las conversaciones sobre dinero entre parejas deben centrarse en los requisitos matrimoniales para mantener su hogar y su familia. Este proceso generalmente incluye pagar las facturas a tiempo, proporcionar comodidades y el valor de la vivienda, garantizar una seguridad inmobiliaria eficaz y mantener un ambiente matrimonial sano. Sin embargo, cuando las parejas no hablan sobre estos requisitos o ignoran su importancia, se producen consecuencias negativas como la deshonestidad financiera, las cuentas secretas y la falta de confianza personal.

Peter y Gloria luchaban con todas sus fuerzas por administrar sus finanzas. Muchos familiares y amigos aportaban sus opiniones y consejos financieros. Algunos consejos estaban tan mal explicados que, si hubieran intentado seguirlos, su situación financiera habría empeorado. Mientras Peter y Gloria luchaban por pagar sus cuentas, sus vidas se volvían cada día más miserables. ¡Tenían problemas! ¡Problemas! ¡Problemas! Problemas de dinero, problemas de convivencia, problemas de mala administración del dinero, problemas cotidianos de sobrellevar los problemas de los demás. Vivían en la miseria. Necesitaban alivio de la agonía de sus problemas financieros. Atribuían sus problemas financieros a la falta de fondos, a su falta de dinero. Sin embargo, al empezar a hablar de su situación financiera, descubrieron que su verdadero problema financiero era no tener suficiente dinero para mantenerse, sino una mala administración del dinero. Al calcular sus ingresos en conjunto, sus finanzas combinadas eran suficientes para cubrir las necesidades de su hogar. Sin embargo, mes tras mes, a pesar de poseer suficientes recursos financieros, habían estado luchando para que les funcionara. Su principal defecto financiero fue no tener un plan financiero. Esto los habría convertido en mejores administradores de su dinero. Por eso se encontraban constantemente en apuros financieros, sin fondos suficientes para cubrir sus necesidades.

Capítulo 10

"Mi dinero, Tu dinero"

Dónde está esa fórmula financiera segura de éxito que proporcionará a las parejas casadas los recursos adecuados necesarios para administrar sus hogares? La respuesta simple es que no existen tales fórmulas! Financieramente hablando, no existe un plan financiero único que satisfaga las necesidades de cada pareja casada. Es por eso que las parejas necesitan tomarse el tiempo para considerar sus necesidades financieras, dedicar tiempo a desarrollar el plan monetario para su hogar y comprometerse a que su plan funcione. En otras palabras, las parejas necesitan hacer su propio plan financiero, evaluar el valor de su plan financiero y luego acordar trabajar en ese plan juntos. Antes de que las parejas comiencen a gastar su dinero, es importante que comprendan cuánto dinero tienen juntos. Tener buenas habilidades de administración del dinero les proporcionará conocimiento financiero sobre las formas para mantener su hogar. Este plan financiero debe basarse y centrarse en sus sueños y metas matrimoniales. Sin un plan financiero claro y manejable, las parejas a menudo experimentan graves problemas financieros. No tener un plan financiero resultará en un fracaso.

Muchos recién casados, al principio de su vida matrimonial, tienen dificultades económicas porque no planifican más allá del boato de su ceremonia nupcial. Más allá de la emoción de casarse, las parejas a menudo pasan por alto o consideran cómo vivirán. En cambio, su atención se centra generalmente en los placeres sensuales y la alegría de estar juntos. Visualizar el espectro completo de la vida marital es una de sus últimas prioridades. Aunque muchas parejas al principio no comprenden sus responsabilidades maritales ni su compromiso en la relación, sigue siendo importante enfatizar que el matrimonio es una experiencia alegre y una responsabilidad. Por lo tanto, las parejas ansiosas que están entusiasmadas con el proceso matrimonial sin considerar vivir más allá de su ceremonia pueden compararse con un joven que obtiene su primer automóvil. Sabiendo que la posibilidad de tener un automóvil es posible, este joven solo piensa en conseguirlo. Eso se convierte en el foco de su interés. Él/ella está convencido después de ver el precio de que puede permitirse ese vehículo. A primera vista, parece que el cálculo de la persona para el vehículo es correcto. Tiene suficiente dinero para realizar la compra. Sin embargo, lo que la(s) persona(s) no incluye(n) en los cálculos de compra de este vehículo es el costo de operación y mantenimiento. Estas consideraciones deben incluir los costos del seguro. El precio de la gasolina y el aceite para mantener el vehículo en funcionamiento. La reparación de neumáticos y neumáticos nuevos ocasionales. Los requisitos de mantenimiento de rutina para ese vehículo y muchos ajustes menores necesarios. Todos estos costos exceden el precio inicial del vehículo. El mantenimiento del vehículo es esencial para mantener el automóvil funcional y operativo. Así como es importante que los conductores presten atención continua y detallada al cuidado y uso de sus vehículos, también es importante que las parejas presten esa misma atención a sus matrimonios.

El dinero en los matrimonios puede ser una ayuda o puede obstaculizar el crecimiento y desarrollo de dichas relaciones. La ayuda más efectiva que el dinero brinda a las parejas se logra mediante la comunicación y su capacidad para hablar sobre asuntos financieros. Una comunicación efectiva es esencial y ayudará a las parejas a formular un plan financiero que respalde su estilo de vida. El dinero es importante para construir relaciones exitosas. Sin embargo, a veces el dinero puede ir en contra de la seguridad de las parejas casadas. Una de las maneras en que el dinero va en contra de las parejas casadas es lo que podría describirse como el uso egoísta de su dinero. Quizás se pueda describir mejor como "mi dinero y tu dinero". No hay nada de malo en este acuerdo si La pareja ha planeado esta forma de gestión financiera. Sin embargo, se convierte en un gran problema cuando el concepto de "mi dinero y tu dinero" se utiliza para impedir que uno de los miembros de la relación conozca los detalles de la situación financiera completa del otro. Esta falta de conocimiento financiero compartido suele generar descontento en las relaciones, especialmente en momentos en que las parejas tienen dificultades para pagar sus deudas. Cuando uno de los miembros de la pareja no sabe qué hace el otro con su dinero, cuánto gana y en qué otras cosas se gasta, se convierte en una fuente de desconfianza, resentimiento y pérdida de respeto.

Capítulo 11

"El plan del dinero"

Todos los planes matrimoniales deben comenzar con conversaciones con Dios. Para que se produzcan relaciones amorosas duraderas, las parejas casadas necesitan guía espiritual para comprender cómo vivir sus vidas y gastar su dinero. Peter y Gloria se sentían frustrados por la dificultad de mantenerse al día con sus facturas y pagarlas a tiempo. Su principal problema fue que, cuando comenzaron su camino matrimonial, no lograron elaborar un plan financiero viable. Debido a esta falta de visión, pronto descubrieron que, si bien el dinero no puede comprar el amor, no tener fondos suficientes para cumplir con las deudas les traerá miseria, desesperación, oposición y resentimiento. Peter y Gloria descubrieron que su relación, debido a los problemas de dinero, se deterioraba en disputas y discusiones. Una razón por la que tenían problemas de dinero era porque vivían por encima de sus posibilidades financieras significa. Peter y Gloria, como la mayoría de las parejas que se casan, intentan construir su matrimonio al mismo nivel que sus padres. Se endeudan con muebles caros para sus casas sin considerar primero el costo. Quieren vivir al mismo nivel que sus padres sin considerar que ellos no siempre vivieron a ese nivel. El resultado suele ser una garantía de problemas y dificultades financieras. Los problemas económicos de Peter y Gloria minaron su amor, alegría y aprecio por su matrimonio.

A medida que su matrimonio seguía decayendo, Peter y Gloria descubrieron que sus vidas eran más pacíficas cuando no estaban juntos. La distancia social se convirtió en una compañía pacífica para cada uno de ellos. Esos momentos eran efímeros porque al final de cada día tenían que irse a casa. Los arrepentimientos a menudo acompañaban su regreso a casa. Las cosas entre ellos se habían puesto tan mal que cuando Peter salió de casa una noche para comprar algo para el trabajo del día siguiente antes de que cerraran las tiendas, pensó mucho sobre si regresar a casa. Las tiendas locales cerrarían a las 10:00 p. m. Estaba decidido a llegar antes. Gloria insistió en que solo quería una excusa para alejarse de ella. Los muchos pequeños problemas que rodeaban su relación se convirtieron en grandes a medida que no expresaban sus verdaderos sentimientos, comprensión y expectativas. Discutían mucho! Discutían por dinero! Frustrados con ante las constantes confrontaciones y conflictos negativos, Peter se subió al vehículo y se alejó a toda prisa. Podía ver a Gloria parada en la puerta a través de su espejo retrovisor y por ese momento se alegró de haberse ido. Sabía que tenía que llegar a la tienda antes de que cerrara, pero necesitaba esa excusa para salir de la casa. Sintió ganas de explotar. Para él, el matrimonio no se había convertido en nada de lo que pensaba que sería. ¡En ese momento, quería salir de este matrimonio! ¡Quería liberarse de Gloria! Mientras conducía cuesta abajo hacia la tienda, se preguntó si debía detenerse o no. Pensó: "¿Por qué usar los frenos?". Su enojo consigo mismo por permitir que la situación de su hogar estuviera en una condición tan negativa le hizo desear por el momento pasar de largo frente a la tienda. Mientras estaba atrapado en sus pensamientos, hizo precisamente eso, siguió conduciendo.

Eran las 10:30. Peter, tras pasar por delante de la tienda, se dio cuenta de que no había otras tiendas abiertas en su zona. Así que siguió conduciendo. En lugar de permitir que la ansiedad arruinara este tiempo a solas, buscó disfrutar del viaje. Por primera vez en mucho tiempo, se sintió libre de hacer lo que quisiera: superar el límite de velocidad, beber hasta emborracharse, fumar marihuana, incluso ligar con una prostituta y llevarla. Esta libertad de pensamiento le daba la serenidad de la aventura. Podía ir a cualquier parte: Nueva Orleans está abarrotada, Maine nunca sale en las noticias de las seis y New York nunca duerme. Sin embargo, su viaje aventurero se vio interrumpido cuando los pensamientos sobre sus problemas de dinero, sus problemas matrimoniales y su falta de confianza lo devolvieron a la realidad. No podía ir a ningún lado! ¡No tenía dinero! Sabía que se necesita dinero para hacer cosas. Se necesita dinero para ir a lugares. Se necesita dinero para ser feliz! Egoístamente, se dijo a sí mismo: "No puedo hacer nada. No puedo ir a ningún lado. Por qué debería regresar? No soy feliz allí!." Entonces, su pensamiento lo llevó más allá de sus propios intereses. Recordó que eran las preocupaciones económicas las que causaban acaloradas discusiones entre él y Gloria. No le disgustaba. Fueron sus frustraciones y su necesidad de dinero las que lo hicieron pasar de largo frente a la tienda. No era el deseo de dejar a Gloria. A pocos cientos de metros de dejar el condado, se enfrentó a su mayor desafío como esposo. Tenía que tomar lo que consideraba la decisión de su vida. Iba a ponerse de pie y ser el hombre en la relación? Iba a enfrentar sus muchos problemas como un hombre? Estaría dispuesto a trabajar con Gloria para resolver sus problemas financieros? O sería un cobarde y seguiría conduciendo y viviendo solo? Mientras consideraba sus opciones, Peter recordó que ya no era soltero. Era un hombre casado con responsabilidades. Se recordó a sí mismo que los problemas nunca se resuelven evitándolos. Dio la vuelta y condujo a casa.

Capítulo 12

"Administración del dinero"

Desarrollar un plan de administración financiera es una tarea esencial que las parejas casadas deben implementar. Si bien no existe un plan único que se aplique a todos los matrimonios, el principio de la administración financiera es coherente con el orden y las buenas prácticas financieras. Peter y Gloria aceptaron sus diferencias y se comprometieron a construir su matrimonio y a cimentar sus vidas sobre una base de amor, confianza y seguridad. Se dieron cuenta de que permitieron que el dinero o la falta de administración financiera casi destruyera su matrimonio. Tuvieron que preguntarse honestamente: "En qué nos equivocamos?".

Después de mucha reflexión, acordaron que el ingrediente que faltaba en su relación era espiritual. Habían olvidado sus votos de mantener a Dios en su matrimonio. Votos y el compromiso de no permitir que nada ni nadie los afectara ven a dividirlos. Desafortunadamente, la mala administración del dinero había provocado precisamente eso. Una brecha entre ellos hizo que el divorcio se convirtiera en una consideración práctica. Sin embargo, al reevaluar el amor y el valor compartidos en su relación, buscaron a Dios para obtener fortaleza espiritual y conocimiento. Peter y Gloria accedieron a pedirle consejo a su pastor. Después de escuchar sus palabras y comprender su guía, se sintieron mejor con sus vidas. La sabiduría de este sabio espiritual les dio la confianza para creer que podían incluir a Dios en su matrimonio con una nueva perspectiva hacia la administración del dinero.

El pastor les brindó consejos prácticos sobre la administración del dinero. Les explicó la importancia de los acuerdos compartidos sobre cómo administrar y distribuir su dinero. Les enfatizó que el método financiero que las parejas acuerden implementar en sus matrimonios debe basarse en ellos. Deberán determinar qué tan bien pueden y deben administrar su dinero y recursos financieros. Los animó a evitar, en la medida de lo posible, el endeudamiento excesivo. Su consejo los animó a compartir su patrimonio financiero, a reunir sus recursos y a determinar juntos cómo hacer que su dinero les rinda. El pastor expresó la urgencia de que establezcan en su relación un sistema financiero operativo que satisfaga sus necesidades. Disipó la idea de que tenía que ser lo mismo. plan de administración financiera que usa otra persona. Les dejó claro que sus problemas financieros se verán afectados por el plan financiero que decidan usar. Les dijo que el éxito de su administración financiera se basaría en su fidelidad al plan. El pastor reforzó la comprensión de que un plan es solo un plan hasta que se implementa como una actividad operativa acordada. La elección de la planificación de la administración financiera en los matrimonios depende de qué tan bien las parejas organizan sus gastos. Las opciones de administración financiera para cada matrimonio pueden caer entre estas consideraciones. Podría ser que una pareja decida juntar su dinero en una cuenta, tener cuentas separadas o mantener cuentas individuales con un fondo común donde se paguen las facturas. El pastor les dejó claro que no importaba qué opción eligieran como plan financiero. Lo importante sería el acuerdo sobre cómo administrarían su dinero. El pastor les dijo que debían tomar esta decisión por sí mismos.

Para ayudar a Peter y Gloria a resolver su dilema financiero, el pastor les proporcionó información sobre un taller financiero cristiano al que podrían asistir en unos días. Enfatizó el valor de escuchar a líderes espirituales que amaban a Dios y tenían el conocimiento, la habilidad y la capacidad para enseñar a familias, parejas e individuos cómo vivir bíblicamente. poner sus finanzas en orden. Tras enterarse de este taller, Peter y Gloria se emocionaron y quisieron saber más sobre este líder espiritual. El pastor les contó su amistad y que valoraba sus conocimientos y enseñanzas. Confiaba en que se beneficiarían enormemente de lo que este taller y este líder espiritual les ofrecían.

El instructor y conferencista del taller financiero fue identificado como el Reverendo Jerry A. Seay. Un maestro bíblico certificado y altamente recomendado. Se destacó por ser un líder espiritual con la perspicacia financiera para enseñar principios espirituales y bíblicos sobre la administración del dinero a través de las bendiciones de Dios. Su experiencia en administración financiera incluyó casi treinta años de conducción, gestión y contabilidad de las finanzas de la Convención Bautista Misionera del Estado de Alabama, la Convención Estatal del Distrito Noroeste, la Asociación del Distrito de Nueva Antioquía Belén y los presupuestos de las iglesias locales. A través de su administración financiera y enseñanzas, cada nivel de responsabilidades financieras aumentó sustancialmente. Especialmente a través de su liderazgo en la Convención Estatal del Distrito Noroeste, donde a través de su liderazgo presidencial, el ministerio basado en la iglesia logró un mayor crecimiento financiero histórico y recaudación monetaria,

Peter y Gloria estaban llenos de emoción y entusiasmo por el seminario financiero. Este gran las noticias les dieron razones para creer que asistir a esta sesión de administración de dinero cambiaría sus condiciones financieras. Por lo tanto, después de que el pastor oró con ellos, salieron de su oficina con una sensación de paz y gratitud. Al llegar el día del evento, esperaban con entusiasmo asistir al taller financiero. Mientras Peter y Gloria se apresuraban para llegar al seminario, un accidente entre dos vehículos los retrasó. Cuando finalmente llegaron al lugar del seminario, la sesión ya había comenzado y el reverendo Jerry Seay estaba hablando. En silencio, encontraron sus asientos y comenzaron a escuchar atentamente y a tomar notas. El reverendo Seay, a través de sus métodos de enseñanza hábilmente desarrollados y sus propósitos espirituales, abordó el tema de cómo hacer del dinero su bendición financiera. Fue una experiencia humilde para ellos admitir sus problemas para administrar sus finanzas. Sin embargo, Peter y Gloria se alegraron de saber que su interés estaba siendo atendido.

El bosquejo del reverendo Seay sobre la administración financiera bíblica comenzó con el establecimiento de este principio fundamental: "Dios es la fuente de todas las finanzas". Hizo referencia metódicamente a las escrituras bíblicas que enfatizaban el papel espiritual que el dinero y todas las finanzas tienen en la formación de vidas pacíficas y felices: "De Jehová es la tierra y su plenitud; el mundo y los que en él habitan" (Salmo 24:1, RV); Filipenses 4:19

(RV) "Mi Dios, pues, suplirá todo lo que os falta conforme a sus riquezas en gloria" por Cristo Jesús". La introducción del reverendo Seay dio a los participantes, y especialmente a Peter y Gloria, razones para creer que se enriquecerían enormemente con lo que escuchaban. El reverendo Seay enfatizó que, desde la perspectiva bíblica, tener la actitud de dar es la base para recibir las bendiciones de Dios: "Dad, y se os dará; medida buena, apretada, remecida y rebosando darán en vuestro regazo" (Lucas 6:38a, RV).

Este aspecto de la comprensión de la administración financiera era contrastantemente diferente de cómo Peter y Gloria habían llegado a lidiar con los asuntos de dinero. El pensamiento implícito que aprendieron de otros sobre cómo obtener dinero, tener dinero y conservar el dinero se basaba en la filosofía coloquial: "Obtén todo lo que puedas. ¡Podrás todo lo que consigas! Luego, siéntate sobre la lata". En otras palabras, quédate con todo tu dinero. Sin embargo, en este seminario financiero con base bíblica, escuchaban una filosofía diferente. Era una filosofía práctica, una filosofía espiritualmente práctica que enfatizaba el plan de Dios para la prosperidad financiera basada en dar. Esta filosofía los informó y desafió su comprensión de los asuntos financieros. Sin embargo, cuando el reverendo Seay declaró que "Dar es una medida de nuestro amor y gratitud", se asombraron del concepto de equiparar dar con el amor y la gratitud. No obstante, al estar intrigados, adquirieron una mayor comprensión y significado de la gestión financiera. "Amar y dar." "Dar y amar." Esta combinación les infundió satisfacción. Quizás, por primera vez en su vida matrimonial, podrían resolver sus problemas financieros aplicando elementos espirituales a sus cálculos.

El amor y la generosidad son lo que escucharon como los elementos que conectan las soluciones financieras. El reverendo Seay señaló a los asistentes que muchas personas no comprenden la importancia de dar para recibir porque carecen de la fe para confiar en Dios para sus provisiones. Enfatizó que las personas deben depositar su fe en Dios para sus finanzas. Les dijo que la Biblia habla con valentía sobre dónde deben depositarse sus afectos: "A los ricos de este mundo, encárgales que no sean altivos, ni pongan la esperanza en las riquezas inciertas, sino en el Dios vivo, que nos da todas las cosas en abundancia para que las disfrutemos" (1 Timoteo 6:17, RV). "Porque donde esté vuestro tesoro, allí estará también vuestro corazón" (Mateo 6:21, RV).

La impresionante presentación del reverendo Seay hizo que la pareja centrara su atención en este modelo espiritual de administración financiera. Los principios bíblicos de retribuir a Dios como parte de la administración financiera y las bendiciones fueron la comprensión que necesitaban. Aunque el seminario había sido una bendición al ayudarlos a replantear su administración financiera aplicando principios bíblicos, Peter y Gloria abandonaron la sesión sin decir una palabra nadie. No querían reconocer su situación financiera ni admitir que no habían sido buenos administradores de dinero. Justificaron su salida rápida y silenciosa con la idea de que una persona ocupada e importante como el reverendo Seay no tendría tiempo para personas insignificantes como ellos. Aunque el seminario fue una experiencia enriquecedora para ellos, sentían que con tanta gente allí, no eran más que rostros en la multitud. El método simple y directo del reverendo Seay para enseñar sólidos principios bíblicos marcó la diferencia para esta pareja que anhelaba desesperadamente alivio de sus luchas financieras. Aunque el reverendo Seay nunca escuchó las voces de esta pareja ni sus palabras de agradecimiento por lo que escucharon, estaban agradecidos por lo que les había dado. Salieron de la reunión creyendo en la abundancia de las bendiciones de Dios y estaban dispuestos a comenzar la práctica de dar como evidencia de su fe en Dios.

En casa, Peter y Gloria relataron el impacto espiritual que recibieron en la conferencia sobre el principio bíblico de la administración financiera, las bendiciones y el plan de Dios para satisfacer todas sus necesidades. Mientras discutían sus opciones para planificar cómo administrar mejor su dinero usando principios bíblicos, recordaron la historia bíblica que el reverendo Seay destacó en la reunión y cómo enfatizó las bendiciones que se reciben al confiar en Dios. Era la historia de una viuda que estaba a punto de comer y Dios suplió sus necesidades. Para comprender mejor lo sucedido, se sentaron juntos, abrieron su Biblia en 2 Reyes, Capítulo 17 del Antiguo Testamento, y leyeron la historia en voz alta. Hablaba de una época en la que el mundo sufría una hambruna extrema. Sarepta era la ciudad donde vivían esta viuda y su hijo. Debido a la falta de dinero y al escaso apoyo económico, esto les dificultaba la supervivencia. De hecho, les quedaba solo su última comida. En respuesta a sus necesidades, Dios envió al profeta Elías a esta viuda para que la ayudara. La ironía de la historia es que Elías no tenía recursos, dinero ni nada más que darle, excepto su fe en Dios. Elías, este profeta de Dios, era un candidato ideal para hablar sobre confiar en Dios y cómo Él supliría las necesidades. Podía hablar de Dios como proveedor y de cómo Él supliría sus necesidades. Había experimentado por sí mismo la fidelidad de Dios para suplir sus necesidades. Incluso durante esta inusual sequía y hambruna, Dios proveyó para él. Por fe, confió en que Dios lo sostendría. Dios honró su fe enviándole cuervos para traerle comida y proporcionándole agua fresca de un arroyo.

Cuando Elías se asentó gracias a la comodidad de la comida y el agua que se le proporcionaban, Dios tuvo que secar el arroyo para trasladarlo de su lugar. La razón principal por la que dejó este lugar de comodidad fue porque Dios tenía una misión más importante para él. Había una mujer, en otro lugar que necesitaba conocer, conocer y actuar por fe. Fue su fe la que impulsó a Dios a responder a su situación, escuchar sus oraciones y satisfacer sus necesidades. Después de que Dios secó el arroyo, a Elías se le dijo que fuera a Sarepta para seguir recibiendo su suministro de alimentos. Dios le dijo que había "ordenado allí a una mujer viuda que te sustente" (1 Reyes 17:9b, KJV). Cuando Elías vio a la mujer juntando leña para cocinar, le pidió agua. Ella le explicó que se estaba preparando para cocinar la última comida para ella y su hijo. La respuesta de esta viuda probablemente habría sido desconcertante para una persona común que creyera que estaba siguiendo el mandato de Dios. Tal vez estos pensamientos habrían persistido. "¿No dijo Dios que esta mujer sería capaz de sustentarme? ¿Cómo podría proveer para mí si solo le queda su última copa de comida?" Este no era el pensamiento de Elías. Este era Elías, el profeta del Dios verdadero y viviente. Tenía demasiada experiencia con Dios como para dudar de su propósito. No sabía cómo Dios cumpliría su promesa, pero confiaba en su proceso y sus métodos para proveer. Le dijo a la viuda que cocinara el pan, como había planeado, pero que le diera un poco primero.

Peter y Gloria hicieron una pausa en su lectura para conversar y digerir lo leído. Quizás estos fueron algunos de los pensamientos o expresiones que compartieron o que estaban pensando. "Bueno, qué dirías de esto? Un anciano..." queriendo quitarle el pan de la boca a un niño!" Tan cruel, egoísta e insensible como la demanda de este profeta pudo haber sonado para esta viuda, en un tiempo de hambruna y pobreza, esta petición era espiritualmente más profunda de lo que el pensamiento normal podía percibir. La petición de Elías de ser alimentado primero tenía menos que ver con el hambre de pan, tanto como con la fe y la confianza en Dios. Este profeta no era solo un hombre en busca de una limosna, era el hombre de Dios. Representaba a Dios que lo envió allí con el entendimiento de que la viuda lo sustentaría. Cómo podría estar fuera de lugar si estaba siguiendo la directiva del Maestro? Hay lecciones que aprender aquí! El maestro no era Elías. El maestro no era una viuda. El maestro, como siempre, era Dios!

Lección número uno: Siempre pon a Dios primero. Lección número dos: Siempre mantén a Dios primero. Lección número tres: Siempre pon a Dios primero. Porque cuando pones a Dios primero, todo lo demás encaja en el orden correcto. La viuda obedeció. Según su fe, Dios cumplió su promesa de proveer para sus necesidades al evitar que su tinaja de harina se vaciara y que su aceite se agotara. El éxito espiritual se trata de fe y dar. Dar es el impulso hacia el éxito espiritual que proporciona la fe. "Dad, y se os dará; medida buena, apretada, remecida y rebosando darán en vuestro regazo" (Lucas 6:38a, RVR).

Después de leer este relato bíblico, Pedro y Gloria comprendieron que Dios proveerá cuando las personas obedecen su palabra, siguen sus directrices y confían en que Él satisfará sus necesidades. Comprendieron la importancia de darle a Dios primero. Aprendieron que mediante la buena comunicación, el trabajo en equipo y un plan financiero eficaz, su futuro se convertirá en una vida llena de alegría. Acordaron que su plan financiero se centraría en darle a Dios primero. Él es la fuente de todos sus beneficios.

Capítulo 13

"El dinero habla"

Stan y María, a diferencia de Peter y Gloria, no buscaron ayuda para resolver sus problemas de administración financiera. En cambio, se endeudaron profundamente mientras intentaban construir una vida familiar como la que habían conocido durante su infancia. Gastaron más dinero del que podían permitirse en cosas que querían, en lugar de comprar con paciencia lo esencial que necesitaban. También les daba un poco de vergüenza hablar de sus asuntos financieros con otras personas. Para ellos, las conversaciones sobre dinero y asuntos familiares deberían limitarse a la familia. Sin embargo, les resultaba difícil administrar su dinero por sí solos. En lugar de buscar asesoramiento o buscar maneras de optimizar sus ingresos, se endeudaron aún más recurriendo a tarjetas de crédito y préstamos rápidos. Estas soluciones a corto plazo a sus problemas financieros resultaron no ser las que necesitaban.

No pasó mucho tiempo antes de que las penas de las deudas causaran agonía en su relación. Pronto comenzaron a resentirse y a culparse mutuamente por sus problemas financieros. Las alegrías del matrimonio, en cambio, se habían convertido en nada más que vivir con dolor, heridas, acusaciones y arrepentimientos. Debido a la mala administración del dinero, las facturas mensuales se retrasaban constantemente. A veces, algún servicio público u otro se cortaba por falta de pago. La comida en la casa a menudo escaseaba. A veces se limitaba a pan, frijoles y arroz. Nunca había dinero extra para comprar ropa nueva para ninguno de los dos. Periódicamente, cuando pensaban que nadie les prestaba atención, compraban en la tienda de ropa Goodwill. La falta de dinero y recursos significaba que no podían darse el lujo de salir o tener una vida social regular. Las frustraciones por sus problemas financieros y las limitaciones para poder hacer muchas cosas les robaron la alegría y la felicidad que creían que sería la vida para ellos. A regañadientes, permitieron que sus circunstancias los llevaran a la conclusión de que serían más felices separados que permaneciendo en esas condiciones. Mejor dicho, decidieron divorciarse. Sin embargo, antes de dar cualquier paso hacia el divorcio, decidieron hablarlo. Durante su tiempo compartido, encontraron alegría en el sueño que tenían para su matrimonio y relación. Recordaron que fue el amor lo que los unió, a pesar de la agonía de sus problemas financieros todavía tenían amor. Todavía creían en su matrimonio y aún querían construir sus vidas juntos.

Esta pausa en su decisión de divorciarse para discutir y reevaluar su relación matrimonial era lo que necesitaban para evitar su separación. Se habían dejado caer en el concepto de vivir comparando. Esta vida había sido la principal culpable de sus problemas financieros. Avergonzados de sus antecedentes comunes, intentaron vivir en niveles socioeconómicos más altos que sus padres. Estaban decididos a no permitir que el estigma de provenir de barrios pobres los abrazara o los definiera. Sin embargo, sus problemas de dinero los estaban deprimiendo y el deseo de renunciar se cernía sobre su matrimonio. Sin embargo, antes de que lo dejaran o el divorcio se convirtiera en un tema serio, decidieron permanecer juntos y tener una conversación seria sobre dinero. Las preocupaciones por el dinero habían nublado lo más importante (el amor) y los habían hecho enfocarse extensamente en lo menor (el dinero). Stan y Maria se dieron cuenta de que endeudarse era fácil, salir era difícil. Por lo tanto, acordaron buscar ayuda. Decidieron no permitir más que el orgullo les impidiera superar sus malas habilidades de administración financiera. Los dirigieron a los seminarios financieros impartidos por el reverendo Seay. Pronto comprendieron que el proceso de dar, tener fe y amar a Dios satisfaría sus necesidades, ordenaría sus vidas y los mantendría unidos.

Parte 3

SEXO E INTIMIDAD

"Y qué tiene que ver el amor con esto?"

Capítulo 14

"Amar con honestidad"

El sexo y la intimidad son el tercero de los elementos combinados que a menudo determinan el éxito o el fracaso de los matrimonios. Es quizás el indicador más notable de las fortalezas o debilidades matrimoniales, junto con los abrazos románticos entre las parejas. El sexo, al ser el compromiso físico de la relación, a menudo domina las conexiones emocionales inmediatas entre las parejas. Les proporciona un placer sexual explosivo e insostenible durante las primeras semanas y meses de la relación consumada. Sin embargo, cuando el sexo y la estimulación sexual están motivados principalmente por el compromiso físico, su placer, disfrute y satisfacción a menudo disminuyen en su atractivo con el paso del tiempo. La conexión física entre las parejas, aunque placentera, eventualmente revelará algunas partes que faltan para la satisfacción sexual. La satisfacción sexual requiere más que ser compromiso físico. Una relación sexual plena encarna ternura, expectativa, impulsos románticos y deseo expresado, todo ello inmerso en la intimidad. La intimidad se percibe como una alianza entre conexiones sexuales físicas y espirituales. Las parejas que se consumen únicamente en el placer sexual físico inmediato pronto descubren que ese aspecto por sí solo no es satisfactorio.

Sin que la intimidad forme parte del proceso de hacer el amor, el placer sexual a menudo pierde su efecto duradero. Cuando las parejas hacen de la conexión sexual física el epítome de su satisfacción placentera, pronto se dan cuenta de su necesidad de intimidad. Sin que la intimidad forme parte de sus relaciones amorosas, las parejas a menudo se encontrarán alejándose en busca de sexo significativo. Cuando los matrimonios alcanzan este nivel, las parejas suelen hacer una de dos cosas. Una, explorarán maneras de hacer su vida sexual más emocionante o dos, se involucrarán en el juego de "fingir". Fingirán disfrutar del compromiso. Fingirán que su romance es satisfactorio y gratificante. Incluso fingirán alcanzar la plenitud orgásmica. Tales acciones y actitudes no promoverán la armonía marital. Más bien, a menudo harán que se distancien socialmente el uno del otro. Cuando las parejas no comparten honestamente sus frustraciones sexuales, se desconectarán de muchas maneras Las parejas casadas que carecen de intimidad al hacer el amor a menudo experimentarán fracasos sexuales y emocionales en sus relaciones. La intimidad es el pegamento del amor colocado en los corazones para construir, unir y llenar todos los espacios donde reside el vacío. Sin intimidad, hacer el amor sigue siendo solo una actividad física. Siempre faltará algo. Si no se reconoce el papel de la intimidad como una participación necesaria para mantener los matrimonios estimulados, los aspectos físicos del sexo pronto se volverán limitantes en sus expresiones y decepcionantes en sus actuaciones. La intimidad es el reflejo de una realización más profunda y una aceptación más firme de aquello que proporcionará mayor placer a los compromisos físicos. Como en la mayoría de los matrimonios, las expectativas de satisfacción sexual de las parejas estarán en sus atracciones físicas mutuas. Pronto descubren que la intimidad es el aspecto más sensible y satisfactorio de hacer el amor.

Los conceptos erróneos sobre el impacto del sexo en las relaciones suelen incluir la creencia de que mantendrá viva la llama del amor, conservará el interés amoroso de la pareja y seguirá siendo una actividad deseada en el matrimonio. Esto puede ser cierto por un tiempo. Sin embargo, el sexo sin intimidad en la vida matrimonial se puede describir más como creer que uno está completamente vestido al ponerse la camisa, la corbata y el abrigo, mientras deja los pantalones colgados en el armario. Pronto se descubriría que algo faltaba. La intimidad en la vida matrimonial es un elemento de unión que fusiona las diferencias de perspectiva en una comprensión apreciativa. La intimidad implica oportunidades para estimular romances que conducen al placer y la satisfacción sexual.

Otro aspecto de la satisfacción sexual depende de que las parejas compartan conversaciones honestas entre ellos sobre cosas placenteras y desagradables durante las actividades sexuales. La necesidad de amor y el deseo de satisfacción y plenitud sexual para las parejas casadas no ocurren automáticamente. Tampoco sucede sin esfuerzos deliberados de las parejas. La satisfacción sexual ocurre cuando las parejas se unen porque valoran su relación matrimonial. Juntos deben comprender que para que su matrimonio sobreviva, deben compartir honestamente sus necesidades y expectativas sexuales. Su relación sexualmente plena debe incluir intimidad. Cuando las parejas no expresan su necesidad de intimidad sexual y se conforman solo con tener sexo, pronto descubren que el interés sexual en sus matrimonios comenzará a disminuir. Por lo tanto, antes de que las miradas y las mentes comiencen a vagar, las parejas necesitan tener conversaciones sexuales buenas, claras e íntimas. Durante esos momentos de compartir, las preguntas sobre la intimidad sexual deben resaltar las discusiones. Estas preguntas deben incluir lo siguiente: Reconocemos como pareja que podría existir un problema sexual en nuestro matrimonio? Hemos discutido honestamente la importancia de las relaciones sexuales en nuestro matrimonio? Hemos asumido que nuestra participación sexual es placentera? O que... sabemos cómo tener un buen desempeño? Pensamos dos veces en la satisfacción sexual después del clímax?

Los matrimonios sexualmente insatisfechos a menudo se deben a la incapacidad de las parejas para comunicar su necesidad de pasión e intimidad en sus dormitorios. Las parejas que no se sienten cómodas hablando de asuntos íntimos a menudo no saben cómo expresar sus necesidades o preocupaciones sexuales. Por lo tanto, las necesidades sexuales tácitas de las parejas las llevarán continuamente a compartir un dormitorio insatisfactorio. Además, darán lugar a excusas influyentes para explicar la ausencia de su satisfacción sexual. Esta es una de las razones por las que, en una cultura sexualmente social donde se utilizan productos sexuales para la estimulación artificial, la satisfacción sexual sigue siendo una búsqueda satisfactoria. Estos indicadores engañosos como medios para alcanzar la satisfacción sexual se vuelven más destructivos que la mejora de las relaciones matrimoniales. Estos canales culturales, como la música secular, las películas y los videos provocativos y los materiales de lectura explícitos, apoyan las actividades sexuales diseñadas para incitar a las parejas de todas las edades a participar activamente en la vida sexual. Se asume que las parejas de recién casados están mental y físicamente preparadas para tener una relación sexual significativa y duradera. Sin embargo, si las parejas no hablan entre sí sobre los placeres sexuales, muchas se decepcionarán de sus actividades sexuales. Por lo tanto, si las parejas quieren lograr éxtasis sexual, la honestidad debe conectar sus abrazos amorosos.

La honestidad en las relaciones matrimoniales abre las puertas a la expresión sincera, la intimidad necesaria y oportunidades para abordar temas relevantes. Cuando las parejas evaden los problemas o la verdad sobre sus necesidades sexuales, corren el riesgo de debilitar sus matrimonios. Cuando las relaciones sexuales de las parejas casadas no estimulan sus necesidades, junto con la negativa a hablar de ellas, surgen tentaciones que incitan a uno o ambos a buscar la satisfacción fuera del matrimonio. La importancia de la honestidad incluye estar dispuesto a hablar con franqueza sobre lo que es placentero, cómodo y los métodos preferidos de relaciones sexuales. La honestidad es la atención sincera suficiente para que la pareja le revele o admita qué actividades, posiciones, interacciones o encuentros sexuales pueden ser dolorosos, incómodos o carecer de la conexión íntima necesaria para estimularlos. Las relaciones que no hacen de la honestidad la base para abordar o discutir asuntos, temas y preocupaciones personales corren el riesgo de perder la confianza mutua. Sin honestidad compartida en materia sexual, la confianza se convierte en sospechas que erosionan el amor en la relación.

Tener la valentía y la confianza personal para hablar con tu pareja sobre temas sexuales, posturas sexuales preferidas o métodos sexuales es fundamental para alcanzar la satisfacción sexual. Sin esa valentía para abordar estos temas las áreas sensibles, las expresiones en la relación resultarán en insatisfacción. La falta de coraje para decir la verdad por miedo a ser objeto de vergüenza, ridículo o decepciones por parte de su pareja lo dejará en una relación problemática. La plenitud reside en la confianza personal. Cuando las parejas comparten su confianza para brindar actuaciones sexuales estimulantes, sus relaciones sexuales a menudo explotan en intimidad. Este tipo de confianza personal tiene el poder y la capacidad de unir las necesidades sexuales y la satisfacción espiritual en erotismo. ¡La confianza, por lo tanto, se convierte en la fuerza necesaria que las parejas necesitan para vivir juntas! ¡Una confianza de este tipo proporcionará un amor genuinamente compartido con tiernos abrazos y mayores niveles de placer! A través de su envalentonado amor compartido, los hogares y las vidas de las parejas matrimoniales se mantendrán en pie en tiempos difíciles. El amor que perdura y las necesidades sexuales satisfechas se basan en la honestidad. La honestidad sexual disipa las suposiciones falsas y brindará oportunidades diarias de intimidad y plenitud.

Capítulo 15

"Noche de felicidad marcial, o no"

Peter y Gloria aprendieron a apreciar el concepto de amar con confianza. Después de largos períodos de sentirse sexualmente incompletos, acordaron que saber sobre sexo y participar en actividades sexuales estimulantes era muy diferente a saber cómo tener sexo. El desánimo sexual para ellos comenzó en su noche de luna de miel. Contrario a su anticipada noche de amoríos fuera de este mundo que explotaría como fuegos artificiales del 4 de julio, esta noche especial terminó en decepción. Se convirtió más en un picnic suspendido por la lluvia. Al principio, no estaban seguros de cómo hablar de la situación decepcionante. Temían que uno u otro pudiera interpretar mal cualquier pregunta o explicación dada. Aun así, ¡algo necesitaba ser dicho, dado a conocer o dicho en voz alta! Sin el coraje para abordar sus preocupaciones, la pareja permaneció silencio. Sin embargo, con el paso del tiempo, se hizo evidente que algo andaba mal o que faltaba por completo en su relación. Reticentes a hablar de sus problemas íntimos, la relación de Peter y Gloria seguía dolorosamente ausente de la intimidad necesaria. Su incapacidad para hablar de los problemas matrimoniales estaba causando el fracaso de su matrimonio.

Capítulo 16

"Dama con una sonrisa"

Hace años, había una mujer prominente en su comunidad que era muy querida y respetada por todos los que la conocían. Sonreía a menudo y no le importaba ayudar a la gente siempre que podía. Sin embargo, detrás de su sonrisa se escondía una mujer que necesitaba desesperadamente amor y aprecio. Aunque estaba casada, su relación con su marido la dejaba sexualmente insatisfecha. Sus mayores obstáculos fueron encontrar la respuesta a su problema de necesidad de satisfacción sexual. Un obstáculo importante que enfrentó en esta lucha fue cómo superar las enseñanzas de toda la vida sobre el rol sexual de la mujer y la actitud al respecto. Durante su juventud, la participación sexual y las expectativas de las mujeres se centraban en complacer a los hombres más que en buscar placeres para sí mismas. En aquella época, el sexo en el matrimonio se percibía como un deber de la mujer. Por lo tanto, muchas las mujeres quedaron insatisfechas sexualmente. Muchas no sentían la libertad cultural ni la voz para expresar su necesidad de intimidad sexual y plenitud personal.

Al principio de su vida adulta, el hecho de estar casada no cambió las restricciones sexuales que había experimentado y que había observado que soportaban las mujeres de su época. Estaba casada, tenía hijos, era muy querida y respetada por la gente de su comunidad. Sin embargo, al acercarse a la mediana edad, aún anhelaba esta satisfacción sexual que la habilitaba. Durante su juventud, a las mujeres se les hacía sentir que su rol, deber y responsabilidad sexual consistían únicamente en brindar placer a los hombres en sus vidas. A menudo, estas mujeres se sentían sexualmente insatisfechas. Culturalmente no se les permitía cuestionar sus actividades sexuales, sus roles en el sexo ni su falta de intimidad sexual. Para las mujeres, el sexo se centraba en la satisfacción de los hombres. Por lo tanto, hombres y mujeres rara vez hablaban abiertamente sobre sexo o asuntos sexuales. Se asumía que el tema era una comprensión asumida de lo que se suponía que debía suceder, ocurrir o soportar. Se asumía que el sexo era lo que las parejas hacían sin explicaciones. Las presentaciones y posiciones sexuales ya estaban establecidas y determinadas, siendo la del misionero la principal.

Ya se ha dicho bastante sobre ese período bárbaro para las mujeres y las condiciones que debían soportar para obtener placer y satisfacción sexual. A las mujeres de esas generaciones se les inculcó que el sexo era más un deber para ellas, y no tanto tanto como actos de amor o placer. El rol y la posición de las mujeres en tales relaciones consistían en complacer sexualmente a sus hombres. No importaba mucho si las mujeres quedaban sexualmente insatisfechas.

Un día, esta mujer, muy frustrada, visitó a su pastor y compartió con él su sincera ansia de amor y satisfacción sexual. El pastor le preguntó: "¿Qué andaba mal con su vida sexual? ¿Qué era lo que necesitaba, quería, buscaba o pensaba que faltaba en su matrimonio?". Tristemente, admitió que en sus más de 30 años de matrimonio, nunca había tenido placer sexual con su esposo en su dormitorio. Cuando el pastor indagó más a fondo en los problemas propuestos, se enteró de que la posición sexual de esta pareja era la razón principal por la que el sexo era una preocupación. Admitió que su vida sexual no solo había carecido de intimidad, sino que también había sido un compromiso muy incómodo y físicamente doloroso para ella. La vacilación para enfrentar este problema era que no sabía cómo hablar con su esposo al respecto. No sabía cómo ser honesta sobre esta área tan personal y sensible de la vida marital. No quería herir su ego ni hacerle sentir que algo andaba mal con él o ella. Ciertamente, no quería enojarlo y perderlo. Por eso, permaneció en silencio durante años y soportó el dolor.

El pastor estaba un poco perplejo porque conocía a esta pareja de toda su vida matrimonial. Realizó su ceremonia Todos los domingos, los veía y, por su apariencia, concluía que eran una pareja feliz, amorosa y plena. Esta perspectiva sobre su matrimonio era desconcertante, pero era su deber brindarle a esta querida señora, miembro de su iglesia, algunas palabras de alivio. "Hija", le dijo, "la respuesta está en ti. Podría decirte que pruebes esto o aquello, pero solo tú sabes lo que necesitas y cómo conseguirlo. Así que mi consejo es que seas honesta contigo misma. Sé firme en tus convicciones. Ten el coraje de enfrentar tus preocupaciones de frente. Sobre todo, no hagas algo que te cause vergüenza, si sabes a qué me refiero". Ella sabía a qué se refería. No quería que se desviara en una dirección vil buscando la plenitud. Salió de la oficina del pastor sintiéndose tan insatisfecha como antes de ir a verlo. Incluso se sintió un poco avergonzada, como si hubiera violado los secretos sagrados de su hogar. Se preguntó si se había equivocado al hablar con el pastor. Los verá de otra manera ahora? Los tendrá en menos estima? Y a ella? Sin embargo, encontró consuelo en sus esfuerzos por hacer lo correcto. Desafortunadamente, para el bien de su relación, su esposo nunca supo de esta íntima preocupación, y ella permaneció insatisfecha sexualmente. Confesó que a menudo pensaba en buscar placer fuera del matrimonio, pero nunca encontró el coraje para hacerlo.

Chapter 17

"Amar con confianza"

"Amar con confianza" fue una frase que llamó la atención de Gloria camino al trabajo una mañana mientras escuchaba el programa de alabanza y adoración de su estación de radio favorita. Era la voz de una mujer cristiana experimentada que era conocida en la comunidad como una gran maestra de la Biblia. Esta santa experimentada era la hermana Pearline. Ella no era una predicadora, ni intentó imitar ni fingir serlo. Era una maestra de la palabra de Dios. Abrazó ese llamado espiritual con toda la autoridad que el cielo le proporcionó bíblicamente. Sus enseñanzas e intereses se centraron en ayudar a las mujeres y los niños a conocer a Dios y a vivir vidas piadosas. Su llamado ungido por Dios a este deber ministerial llegó un día mientras leía su Biblia. Tenía hambre espiritual y el deseo de hacer algo por el Señor. Quería fervientemente saber cómo podía llegar a ser una sierva vital y valiosa del Señor. Ella no quería ser, ni ser percibida como alguien que se involucrara en el ministerio como predicadora. Había observado a demasiadas personas que limitaban el llamado de Dios a servir como su oportunidad de ser identificadas como predicadoras. Eso no era para ella. Sin embargo, ella sabía que Dios la estaba llamando a un servicio ministerial especial. La revelación de lo que estaba siendo llamada le llegó a través de la Biblia. Estaba en el Libro de Tito, escrito por el apóstol Pablo a uno de sus protegidos espirituales. Pablo envió a este joven predicador, Tito, a una ciudad llamada Creta con esta instrucción: "Por esta causa te dejé en Creta, para que corrigieras lo que faltaba" (Tito 1:5a, KJV). Fue lo que la hermana Pearline leyó en el capítulo dos lo que puso en marcha su ministerio. Fueron instrucciones para mujeres cristianas mayores o maduras: "Que enseñen a las mujeres jóvenes a ser sobrias, a amar a sus maridos y a sus hijos, a ser prudentes, castas, cuidadosas de su casa, buenas, sujetas a sus maridos, para que la palabra de Dios no sea blasfemada" (Tito 2:4-5, RV). Desde ese momento, comprendió que este propósito era el llamado de Dios al ministerio de la enseñanza. Su trabajo espiritualmente ordenado sería para las mujeres y los niños. Por lo tanto, cada mañana, en su programa de radio, animaba a las mujeres que se encontraban en matrimonios con problemas, relaciones inestables y a aquellas que buscaban una comprensión espiritual de los propósitos de Dios para ellas.

Esta mañana, mientras Gloria escuchaba la transmisión de la Hermana Pearline camino al trabajo, se encontró con lágrimas en los ojos. Estaba sufriendo. Necesitaba más de lo que daba y recibía en su matrimonio. ¡Peter era el hombre que amaba! ¡Peter era el hombre que le dio propósito a su vida! Él ha sido el hombre para ella desde el momento en que se conocieron y se enamoraron en el Arroyo Tranquilo. Esos momentos compartidos en el Arroyo Tranquilo fueron especiales y sagrados. El Arroyo Tranquilo fue su lugar personal de descubrimiento. Fue donde se conocieron. Fue el lugar donde el amor se convirtió en un compromiso personal. Era un lugar tan sagrado para ellos como el estanque espiritual de Betesda, una historia bíblica que se encuentra en el Evangelio de Juan, capítulo cinco. Este estanque sagrado era un lugar donde los enfermos y dolidos se reunían a diario con la esperanza de un milagro. Personas con diversas enfermedades, dolencias, problemas personales y otras afecciones eran llevadas allí con la motivación de intentar ser los primeros en entrar al agua. La leyenda sobre este estanque decía que periódicamente un ángel de Dios bajaba y agitaba el agua. La primera persona que entraba al agua recibía sanidad inmediata de cualquier dolencia que padeciera. Pocos sanaban. Muchos no. Sin embargo, seguían viniendo a la piscina con la esperanza y la pequeña expectativa de ser quienes recibieran la sanidad. En esta historia bíblica, había un hombre cojo de 38 años. años después, Jesús lo visitó personalmente y le hizo la pregunta más importante que debe hacerse quien busca sanación: "Quieres sanar?".

El Arroyo Tranquilo, al igual que el estanque de Betesda, era percibido por muchos como un lugar meditativo de esperanza y expectativa de sanación. La gente acudía allí buscando paz, seguridad y la recuperación de la confianza personal. Este lugar del Arroyo Tranquilo era sagrado. Traía sanación a las relaciones heridas, restauraba la esperanza a quienes se sumergían en la esperanza perdida y renovaba el enfoque a quienes buscaban mayores propósitos para sus vidas. Fue en el Arroyo Tranquilo donde Pedro y Gloria se encontraron. Anteriormente habían experimentado el rechazo de sus amantes. Fueron al Arroyo Tranquilo donde buscaron y encontraron alivio mutuo del dolor, la mancha y la agonía de ser rechazados en el amor. Sin embargo, a diferencia del hombre en el estanque bíblico que recibió esa visita personal de Jesús con esa pregunta liberadora: "Quieres sanar?", Pedro y Gloria se sintieron atraídos el uno al otro por el dolor que sentían en sus corazones. Su tristeza, evidente en sus expresiones faciales, era como imanes que los atraían. Era como si les estuvieran haciendo la misma pregunta que al hombre cojo de la Biblia: "Quieres sanar?". El hombre de la Biblia ofreció excusas para no sanar. Jesús se negó a aceptar su razonamiento. Simplemente le dijo al cojo que se levantara y caminara.

Peter y Gloria no podían explicar por qué se sentían atraídos el uno por el otro. Simplemente lo interpretaron como un mensaje especial de sanación del Arroyo Tranquilo. La atmósfera tranquila, como una suave brisa que sopla desde las olas, trajo serenidad a sus vidas. Sintieron y apreciaron el magnetismo que los atrajo el uno al otro en el Arroyo Tranquilo. Peter y Gloria encontraron una conexión segura cada vez que se abrazaron. Compartieron un afecto amoroso y un agradecimiento agradecido por la oportunidad que se les dio de amar de nuevo. Fue en el Arroyo Tranquilo donde comenzó su relación amorosa. Este amor los motivó a casarse. Sin embargo, descubrieron que los sentimientos de amor por sí solos no eran suficientes para satisfacer sus necesidades sexuales insatisfechas. Como muchas parejas, no sabían cómo hablar de su problema sexual. No querían herir, dudar o tener malentendidos que robaran el amor de su relación. Querían y necesitaban confianza y valentía para expresar sus fallas y necesidades sexuales. De qué sirve el amor hablado entre parejas si no son capaces de sentir la plenitud? De qué sirve el amor cuando se convierte en una actividad rutinaria de dormitorio sin la energía de la pasión? Qué tiene que ver el amor con eso?

Capítulo 18

"Poniendo las cosas en orden"

El día transcurrió lentamente para Gloria mientras trabajaba en sus tareas. La hermana Pearline, del programa de radio matutino, estuvo absorta en sus pensamientos todo el día. Necesitaba escuchar más sobre cómo poner las cosas en orden. Amaba a su esposo y no quería que su matrimonio terminara ni se desmoronara. Podía percibir los peligros que enfrentaba su relación debido a su mala vida sexual. Mientras contemplaba programar una cita para hablar con la hermana Pearline, no estaba segura de la mejor manera de hacerlo. Cómo se sentiría Peter si ella fuera o estaría dispuesto a que ambos habláramos con ella? Si iba sola, sentiría que violaba la santidad de su hogar o su relación? Sin embargo, después de mucho debatir consigo misma, Gloria, sabiendo que algo debía hacerse, decidió ir sola. Si eso la ayudaba, los estaría ayudando a ellos. Si no mejoraba su comprensión de cómo debía abordar o lidiar con sus preocupaciones sexuales, no estaría peor. Concertó la cita para el miércoles por la noche, a las 6:00 p. m., noche de estudio bíblico. Sabía que Peter estaría en la iglesia. Asistían a los servicios religiosos y a los estudios bíblicos religiosamente. Inventaría alguna excusa para no ir esta vez.

La hermana Pearline se dio cuenta, por la forma disimulada en que Gloria la trataba, de que esta joven con problemas tenía problemas, dificultades y preocupaciones sexuales. Su breve presentación y la cordial conversación informal pronto se tornaron más serias a medida que la hermana Pearline profundizaba en la verdadera razón por la que Gloria estaba allí. "¿Tienes problemas en la cama, verdad?", preguntó la hermana Pearline. Gloria respondió tímidamente: "¡Sí!". La hermana Pearline la animó con dulzura a hablar de ello. Sin saber exactamente cómo hablar abiertamente de sus problemas personales y privados, rompió a llorar. "Amo a mi esposo, pero no sé cómo satisfacer sus necesidades sexuales". Gloria necesitó valor para admitir en voz alta que tenía problemas sexuales en su matrimonio. La hermana Pearline, con tierna preocupación y comprensión, la escuchó atentamente para asegurarse de que estaba allí para ayudarla. Aprovechó este momento para brindarle consuelo, lo que le daría una nueva perspectiva y una chispa de esperanza para resolver sus problemas de dormitorio. La honestidad de Gloria sobre su situación la llevó a recibir con amabilidad las inspiradoras instrucciones, la guía y la comprensión de la hermana Pearline.

sobre cómo hacer que las relaciones sexuales con su esposo fueran más placenteras. Este proceso reconfortante y la información terapéutica le quitaron las lágrimas y le devolvieron la sonrisa. Esta consejería espiritual le brindó paz y alivio a sus preocupaciones.

En esta sesión holística, la hermana Pearline le dio a Gloria un espejo de mano y le pidió que describiera lo que veía. Al principio, Gloria pensó que era una sugerencia o un ejercicio ridículo, ya que sabía cómo era. Sin embargo, se la animó a mirar con más atención a la persona que tenía frente a sí en el espejo y describió lo que veía con amor y cercanía. Al principio, Gloria tuvo dificultades para encontrar las palabras adecuadas para describirse. La hermana Pearline, acudiendo en su ayuda, reconoció que su problema innato era que no se veía a sí misma como una persona hermosa, deseosa o íntima. La hermana Pearline le explicó a Gloria que hacer el amor era más atractivo que un proceso prescrito o posiciones designadas. Hacer el amor en la intimidad implica la percepción que las parejas tienen de sí mismas, sus preocupaciones compartidas sobre la relación y la disposición a aceptarse mutuamente por sí mismos. Le enfatizó a Gloria que una de las razones por las que las parejas tienen problemas en la cama es porque a menudo aceptan lo que otras personas dicen sobre las interacciones sexuales. Explicó que las parejas deben determinar por sí mismas qué actividades motivan sus relaciones sexuales. La hermana Pearline le recordó a Gloria que los placeres sexuales no se basan en el tamaño de los órganos sexuales de la pareja ni en sus posiciones al hacer el amor. Aunque se presta mucha atención al atractivo sexual, la intimidad a menudo ignora los tamaños (grande o pequeño, ancho o delgado) en beneficio de la satisfacción. La hermana Pearline enfatizó a Gloria que es lo que se hace para atraer intereses sexuales lo que debe recibir la mayor atención. Es la atracción por la intimidad lo que mantendrá a las parejas en abrazos amorosos duraderos. Es por eso que el sexo debe entenderse como expresiones compartidas del amor mutuo. Con esta comprensión, los momentos compartidos en la felicidad sexual siempre crearán placeres explosivos.

La perspicaz consejería de la hermana Pearline sobre las interacciones sexuales le dio a Gloria la energía renovada que necesitaba para ir a casa y trabajar para resolver sus problemas matrimoniales y de dormitorio. Mientras Gloria se preparaba para irse, agradeció a la hermana Pearline por la sesión que le había enseñado el valor de tener una autoestima positiva. Sin embargo, antes de llegar a la puerta, la hermana Pearline la llamó para darle una información más. Compartió con Gloria su fe y la relación que tenía con Dios a través de su Hijo Jesús. Con amor le habló a Gloria de su amor por hacer la obra del Señor. Creía que su misión y ministerio era decirles a las mujeres, especialmente a las jóvenes como ella, lo que Dios quiere que hagan con sus vidas y sus cuerpos. Por lo tanto, le dijo a Gloria que valorara su matrimonio y que nunca usara el sexo como excusa. arma de control o castigo. Señaló que la Biblia establece claramente los deberes del esposo y la esposa en cuanto al sexo. La hermana Pearline le recomendó a Gloria la escritura que explica los deberes de los esposos y las esposas en el matrimonio. «El esposo no debe privar a su esposa de la intimidad sexual, lo cual es su derecho como mujer casada, ni la esposa debe privar a su esposo. La esposa le da autoridad sobre su cuerpo a su esposo, y el esposo también le da autoridad sobre su cuerpo a su esposa. Así que no se priven el uno al otro de las relaciones sexuales» (1 Corintios 7:3-5, NTV). Gloria entendió el mensaje, aunque no creía que realmente se aplicara a su problema. Sin embargo, agradeció a la hermana Pearline por un tiempo tan enriquecedor. Regresó a casa motivada a hacer de la intimidad el corazón de su matrimonio y su búsqueda sexual.

Capítulo 19

"Maridos, amen a sus esposas"

Era el mismo miércoles por la noche en que Gloria fue a ver a la hermana Pearline y Peter fue solo a la iglesia. Normalmente, él y Gloria estarían allí juntos. Esta noche, agradeció estar solo. Gloria le había dado razones para no estar en la iglesia. En lugar de preocuparse por la separación, Peter aprovechó este tiempo como momentos personales necesarios para sí mismo. Encontró consuelo en estar en la iglesia esta noche. Necesitaba ayuda. Ayuda espiritual. Todo lo que quería en su matrimonio parecía estar ahí. Todas las piezas encajaban debería ser suficiente. Tenía una buena mujer, un buen hogar, tenían trabajos prósperos y, en general, un buen ambiente familiar. Todas las piezas. Sin embargo, por alguna razón desconocida, las piezas no encajaban. Sabía que él y su esposa siempre hablaban entre sí, pero no siempre se comunicaban. Su falta de palabra compartida los significados crearon muchas veces malas interpretaciones y malentendidos sobre lo que se decía o discutía. Algo faltaba. Los besos que compartían se habían vuelto carentes de ternura. Sus caricias cálidas y amorosas se habían convertido en meros toques de amor fríos y prolongados. Sin intimidad sexual, las emociones sinceras de la relación se habían convertido en sentimientos vacíos con expresiones huecas.

Peter oró en el altar pidiendo cambio, comprensión y paz. Al pensar en cuánto amor sentía por Gloria, las lágrimas brotaron de sus ojos. El pastor se acercó y se arrodilló a su lado. Con una voz suave y comprensiva, le dijo: "Hablemos". Entraron en la oficina del pastor. Allí, en una profunda conversación espiritual, Peter compartió su consternación por su vida familiar y sus problemas matrimoniales. Compartió con el pastor las frustraciones que él y Gloria estaban experimentando. A pesar de todo lo bueno que tenían en su matrimonio, parecían estar alejándose el uno del otro. El pastor, sin desperdiciar palabras con ningún tipo de análisis de la relación, le dijo a Peter que Dios esperaba que él fuera el hombre de su casa, el esposo de su esposa y el amante necesario en su matrimonio. Peter se sorprendió de lo directas que fueron las palabras del pastor. Esperaba un enfoque diferente para abordar sus preocupaciones. El pastor había observado de cerca el matrimonio de Peter y Gloria desde el día en que se casaron. Le dijo a Peter: "Sé dónde se encuentra en su matrimonio y Sé por qué se están distanciando". Pedro se sentó allí perplejo, preguntándose: "Cómo podría saber algo?". El pastor continuó hablando sobre los aspectos de la vida matrimonial sin convertirlo en un diálogo. Le dijo a Pedro que un matrimonio fuerte comienza con la comprensión bíblica del matrimonio. El matrimonio es la conexión ordenada por Dios entre un hombre y una mujer. El matrimonio fue instituido por Dios cuando creó a Adán y a Eva, la primera familia, y los colocó en el Jardín del Edén con este entendimiento. "Por tanto, dejará el hombre a su padre y a su madre, y se unirá a su mujer, y serán una sola carne" (Génesis 2:24, RV).

Pedro conocía la historia de Adán y Eva en el jardín del Edén, pero no entendía qué tenía que ver eso con que él preservara su matrimonio. El pastor reconoció que no se estaba entendiendo su punto. Pedro escuchaba al pastor con desgana porque su mente estaba enfocada en los problemas que él y Gloria tenían. Le preocupaba esta inquietante pregunta: "¿Dónde nos equivocamos?". El pastor continuó lanzando referencias bíblicas y espirituales sobre las relaciones matrimoniales. Compartió con Pedro el consejo del apóstol Pablo en Efesios capítulo cinco, versículos 25-31. Le advirtió a Pedro que escuchara atentamente porque en los matrimonios Dios considera sagrada la responsabilidad del esposo. Le habló a Pedro sobre las responsabilidades matrimoniales que las parejas deben conocer. "Esposo, ama a tu esposas, así como Cristo amó a la iglesia y se entregó a sí mismo por ella" (Efesios 5:25, RVR). Incluso después de escuchar otro pasaje bíblico, Pedro parecía perplejo en cuanto al significado y la correlación entre lo que el pastor decía y sus preocupaciones. Totalmente agotado por lo que le parecía una información interminable y sin sentido sobre las relaciones matrimoniales, Pedro lo interrumpió y le preguntó: "Pastor, de qué está hablando? Qué tiene que ver todo esto conmigo? Amo a mi esposa. Me preocupo por ella. Intento hacerla feliz. Qué estoy haciendo mal?".

El pastor se reclinó en su silla, miró a Pedro directamente a los ojos y le informó que amar a su esposa como Cristo amó a la iglesia requería de él al menos tres cosas: amarla incondicionalmente, amarla con sacrificio y amarla continuamente. Le preguntó a Pedro: "¿Estás dispuesto a amarla de estas maneras?". Antes de permitir que Pedro respondiera, explicó con más detalle el significado de estas áreas del amor. "Amar a tu esposa incondicionalmente, como Cristo ama a la iglesia, significa que no la miras para criticarla; incluso cuando algunas de las cosas que ella hace no se hacen como tú las harías. A diferencia de los primeros días bíblicos, cuando Dios, mediante las enseñanzas de Moisés, permitía a los hombres divorciarse de sus esposas por cualquier cosa que no les gustara (Mateo 5:31-32), los esposos de hoy no deben buscar razones para no amar a sus esposas. El divorcio nunca fue parte del plan de Dios para el matrimonio. Lo siguiente es amor incondicional, que simplemente significa que nunca dejes de amarla. El amor sacrificial significa que tú, el esposo, debes poner las necesidades de la esposa antes de satisfacer las suyas. El propósito de Dios para tener esposos que amen de estas maneras es para que él pueda brindarle a su esposa el gozo, la felicidad, la paz y los sentimientos de seguridad que ella necesita para sentirse amada. El amor continuo es absolutamente lo que dice, el amor continúa a través de tiempos difíciles, tiempos desafiantes y lo más importante, tiempos de abandono. El esposo es lo que la Biblia llama el 'Hombre Fuerte' de la casa, 'Cuando un hombre fuerte armado guarda su palacio, sus bienes están en paz' (Lucas 11:21, KJV). Es una responsabilidad tremenda que todo hombre debe considerar antes de decidir ser esposo.

Finalmente, después de escuchar atentamente lo que el pastor intentaba hacerle comprender, Peter asintió en silencio con la cabeza para reconocer que lo que escuchaba tenía sentido para él. Comprendió que su principal responsabilidad como esposo es amar a su esposa. ¡Amar a su esposa! Ese pensamiento continuó en su mente mientras el pastor oraba por las bendiciones de Dios para él, su hogar y su matrimonio. Peter salió de la iglesia y se dirigió a casa. Peter amaba a su esposa, pero no sabía cómo amarla a satisfacción. Sabía lo que debía hacer, pero no sabía cómo hacerlo. Durante todo el camino a casa, su enfoque estuvo en ser mejor en todas las categorías que su matrimonio requería de él.

Capítulo 20

"Sex-Appealing"

El sexo y la intimidad son socios necesarios para lograr la satisfacción sexual en las relaciones matrimoniales. La comunicación no se limita solo a las palabras habladas. También implica comprender las formas de pensar y actuar de las personas. Implica comprender cómo difieren los estímulos sexuales entre hombres y mujeres. Esta necesaria comprensión de la información sensorial incluye reconocer que hombres y mujeres generalmente abordan las relaciones sexuales desde diferentes mentalidades, diferentes motivaciones, pero con la expectativa compartida de satisfacción sexual. Por ejemplo, los hombres se estimulan más por lo visual, lo que ven. Por otro lado, las mujeres están más orientadas al proceso y se guían por el instinto en su impulso sexual. Los hombres se excitan más fácilmente con imágenes sexuales sugerentes. La motivación sexual de las mujeres requiere tiempo, atención y sentimientos de ser deseadas y deseadas. Hombres a menudo abordan el sexo como algo que hacen. Las mujeres perciben el sexo como algo que dan. Por lo tanto, sin comunicación íntima en sus relaciones sexuales, las parejas a menudo se sentirán frustradas, insatisfechas y llegarán al punto en que uno u otro querrá engañar, ambos engañan, desean terminar la relación o todo lo anterior. Entre estas razones está la comprensión de que el sexo por sí solo no tiene el poder perdurable para sostener los matrimonios. La satisfacción sexual exige tiempo, sinceridad e intimidad. Es el tipo de intimidad que se siente en lo más profundo. La intimidad aplicada al proceso sexual brindará a los participantes los escalofríos, las emociones y despertará emociones intensas que expresan su amor apasionado.

El sexo es un tema guiado por diferentes opiniones sobre qué es, cómo practicarlo y qué se debe hacer para compartir sus placeres. Durante años, quizás siempre, el sexo ha sido considerado, por algunos elementos morales de la sociedad, un tema público restrictivo de discusión. Para esas conversaciones, el sexo era sagrado y tabú al mismo tiempo. Sagrado porque Dios diseñó el sexo para ser expresado y compartido en la santidad de los matrimonios. Para brindar placeres sexuales a hombres y mujeres casados. Tabú, porque en entornos sociales el sexo se presenta en algunas discusiones públicas como temas desagradables y sucios. Algunos lo perciben como temas morales privados que deberían tratarse dentro de los hogares de los adultos.

Esta mentalidad era una de las varias formas y métodos utilizados por los adultos, y específicamente los padres, para disuadir a sus hijos de involucrarse prematuramente en actividades sexuales. Sus esfuerzos consistían en alentar a sus jóvenes a preservarse y reservarse hasta el matrimonio. Estos padres estaban desesperadamente preocupados por evitar que sus hijos tuvieran embarazos prematrimoniales. Querían que mantuvieran sus opciones y la libertad de elegir un futuro sin las restricciones de la indiscreción adolescente. También se consideraba tabú que los adultos se entretuvieran sexualmente antes del matrimonio o se involucraran sexualmente con alguien que no fuera su cónyuge después del matrimonio. Debido a que el sexo se consideraba un tema silencioso en los discursos públicos, muchas personas a menudo hablaban de sexo, en entornos sociales, con sonrisas burlonas en sus rostros, o sonrisas en sus labios, o susurros silenciosos en los oídos de alguien, considerándolo demasiado privado para discusiones abiertas. Por el contrario, el sexo en sociedades pasadas se consideraba un tema restrictivo o un tema inaceptable para las discusiones públicas. Sin embargo, en los últimos tiempos, el sexo se ha implantado culturalmente en la vida cotidiana y se ha convertido en parte común de los diálogos sociales. En este mundo centrado en el sexo, muchos ciudadanos son participantes activos de un lenguaje impregnado de sexo, hasta el punto de que muchas conversaciones y charlas en general son aceptadas como normas sociales.

En el mundo del marketing comercial, los temas e imágenes sexuales se han convertido en herramientas e instrumentos mediante los cuales los productos son explotados y vendidos. Dichos artículos incluyen ropa, comida, autos y camiones, y en general cualquier cosa que esté a la venta. A menudo se utilizan modelos sexys para vender y comercializar autos y otros automóviles. Los productos alimenticios también son sexualizados para mejores ventas. La cultura social ha absorbido el sexo como un atractivo estándar de vida. Los ciudadanos no pueden escapar de sus influencias. Por lo tanto, cuando hombres y mujeres forman sus relaciones personales, su atractivo sexual deseado ya ha sido influenciado comercialmente. Sin embargo, después de un período de actividades sexuales comprometidas, las parejas se dan cuenta de que el sexo por sí solo no es lo suficientemente fuerte como para mantener sus relaciones. Inicialmente, el sexo es como un imán para las parejas. Están involucrados sexualmente en todo momento. No pueden tener suficiente el uno del otro. Después de algunas semanas, o algunos meses, tal vez seis o siete como máximo, las parejas a menudo descubren que el sexo por sí solo no es suficiente. Ocasionalmente, esta pérdida de atractivo a menudo hace que las parejas busquen estimulación en otros intereses. Para algunos, el interés necesario por la atención los lleva a relaciones extramatrimoniales. Otros distraen su necesidad de satisfacción sexual participando en actividades, eventos y servicios que les brindan una sensación de satisfacción y valor personal. Peter y Gloria reconocieron que la principal falla en su relación sexual residía en su incapacidad para comunicarse. Ellos, como muchas otras parejas, asumían que las interacciones sexuales eran tan naturales como el aliento que respiraban o el viento en el aire. Sin embargo, Las conversaciones personales de Peter y Gloria con la hermana Pearline y el pastor de la iglesia les brindaron una mayor conciencia de las diferencias entre hombres y mujeres en la expresión y el logro de la satisfacción sexual. Las parejas a menudo dudan en responder preguntas sobre la satisfacción sexual o entablar conversaciones sobre el tema por temor a que su pareja malinterprete la conversación y se sienta emocionalmente herida o rechazada. Sin embargo, las parejas que buscan una relación matrimonial plena necesitan comprender cómo complacer sexualmente a su pareja. Esta conversación debe incluir, sin temor al fracaso, la pérdida o la decepción, qué les produce placer sexual y qué no. Las parejas no deben asumir ni intentar realizar ningún acto o actividad sexual inusual sin el consentimiento o la aprobación de su pareja. Esta aprobación debe basarse en el amor, la comodidad y el deseo compartidos. Antes de probar o introducir diversas posiciones y métodos sexuales en el matrimonio, las parejas deben estar de acuerdo y participar voluntariamente. Las experiencias sexuales previas a la experiencia compartida con su pareja a menudo determinan su confianza y libertad para expresar cambios sexuales. Es mejor para la relación que las parejas hablen de sus experiencias sexuales sin mencionar nombres ni cifras. Sin embargo, deben ser conscientes de que hablar de experiencias sexuales previas podría generar mayores problemas de inseguridad, sentimientos de competencia o comparaciones con parejas anteriores.

Los problemas sexuales en los matrimonios suelen tener su raíz en la historia y los antecedentes de las parejas. Cuando las parejas se sienten incómodas compartiendo experiencias sexuales pasadas por temor a ser rechazadas por sus parejas, no hablan de sus actividades sexuales previas. Las parejas deben comprender que los detalles íntimos de relaciones pasadas no siempre son necesarios para tener relaciones sexuales con su cónyuge o pareja actual. La información sobre experiencias sexuales pasadas debe analizarse con cuidado y no tratarse como un tema de conversación normal. Existen muchos peligros al abordar o hablar sobre relaciones antes del matrimonio. Entre ellos se encuentran las comparaciones y los celos. Cuando la comparación es el problema, los hombres, con más frecuencia que las mujeres, se sienten desafiados en la cama.

Él se preguntará con más frecuencia si está a la altura de sus exparejas. Se verá desafiado a dudar de si posee la capacidad y las herramientas para satisfacer las necesidades sexuales de su mujer. La comparación entre el pasado y el presente se convierte en una carga para los amantes que se sienten inseguros en su relación matrimonial. Las preguntas sobre sus inseguridades maritales se convierten en su ejercicio mental diario. Él pregunta: "Soy a quien ella quiere?" Ella se pregunta: "Me desea tanto como a ella?" Él piensa: "Cuando está conmigo, piensa en él?" Ella considera: "Cree que soy más bonita que sus otras mujeres?" Una y otra vez el carrusel de comparaciones entre su pensamiento interno turnos. Como no logran encontrar motivos reconfortantes para hablar de sus problemas sexuales, el ciclo proverbial continúa, los problemas surgen y la miseria se convierte en la compañera de estos amantes angustiados.

Los niños y jóvenes se familiarizan con el sexo de maneras bastante rudimentarias. Algunos observan el comportamiento de los adultos. Otros observan a sus hermanos mayores interactuar con sus amigos. A otros se les enseña, como en los cuentos de hadas, qué es el sexo. Los pájaros y las abejas son un ejemplo de adultos que intentan explicar la interacción. Sin embargo, la conversación sobre sexo y la introducción de principios sexuales difieren de una familia a otra. Esta diferencia plantea un dilema que a menudo se basa en cómo las personas adquieren y forman su comprensión del sexo. Es decir, qué es y cómo practicarlo para obtener el mayor placer. Por ejemplo, una familia puede hablar abiertamente sobre temas sexuales, mientras que otra lo convierte en un tema de conversación discreta. Una familia considera el sexo como un tema de conversación abierta, mientras que otra lo considera un tema prohibido. Por esta razón, las conversaciones sobre actividades sexuales en pareja deben interpretarse a partir de las enseñanzas, advertencias y restricciones de sus respectivas familias. Las enseñanzas morales y las costumbres sociales de las familias sobre el sexo difieren de una casa a otra. Por eso, cuando las parejas tienen problemas sexuales, deben estar dispuestas a hablar sobre sus relaciones sexuales. Deben... comprender sus diferencias y aceptar voluntariamente que su conversación sexual se trata de ellos y de nadie más. Las parejas que dejan las preguntas sexuales pendientes entre sentimientos, métodos o falta de estimulación a menudo se encuentran con problemas más sensuales en el dormitorio. Entender cómo relacionarse más íntimamente con sus parejas requiere que las parejas aprendan el uno del otro y del otro. "¿Disfrutas del sexo?" "¿Estás dispuesto a aprender diferentes métodos y posiciones?" "¿Prefieres tener sexo de ciertas maneras?" Estas son solo algunas preguntas sexuales que pueden ayudar a las parejas a darse cuenta de cómo complacer a sus parejas. Las actividades sexuales deben sopesarse con sus instrucciones sexuales, comprensión sexual y conciencia sexual. Este tema de preocupación a menudo se remonta a los días de crecimiento de las parejas. Los tiempos en que los niños y las niñas eran conscientes de sus diferencias sexuales. Sin explicaciones claras sobre las diferencias físicas de sus cuerpos, simplemente se les dijo, como niños en desarrollo, que mantuvieran sus partes privadas privadas. No le muestres al sexo opuesto esa parte privada. Esta restricción no aclarada solo aumentó la curiosidad de muchos jóvenes que intentaban descubrirse a sí mismos. Sin saber siempre por qué no podían compartir abiertamente sus partes privadas con el sexo opuesto, estos niños y niñas buscaron esta "zona prohibida" de interacción física y descubrieron placeres no realizados.

La advertencia de precaución, "No lo hagas", que los padres responsables tenían la intención de restringir o prevenir la actividad sexual temprana los contactos entre chicos y chicas, en cambio, despertaron más curiosidad por el sexo. En una búsqueda silenciosa, esta curiosidad provocó que muchos jóvenes entraran en estas zonas prohibidas o restringidas, a menudo cuando se quedaban solos en casa, o visitaban casas de vecinos, o pernoctaban en casas de familiares y amigos, o en una cita ocasional. A veces, los jóvenes desafiaban deliberadamente la orden restrictiva de sus padres de "no hacerlo" y se volvían sexualmente activos. Irónicamente, los seres humanos son peculiares en este sentido. Siempre que a las personas se les dice que no hagan algo, surge en ellas una actitud desafiante y resistente, estimulada por su curiosidad por las zonas prohibidas. La historia sexual de Peter y Gloria seguía estas pautas. Habían participado en actividades sexuales, pero nunca habían comprendido realmente la satisfacción de lo que hacían. Tal vez su falta de comprensión de la satisfacción sexual puede haber proporcionado la justificación o contribuido a los fracasos de sus relaciones amorosas anteriores. Tal vez fue la razón principal por la que sus amantes los rechazaron. Desde entonces, comprenden mejor el importante papel que tiene el sexo para mantener las relaciones vibrantes. Tras comprender la importancia del sexo, confiaron en su matrimonio para construir una vida juntos. Sus fracasos y suposiciones pasadas sobre las actividades sexuales les enseñaron la importancia de estar dispuestos a hablar de sexo con su pareja para una mejor comprensión y una mayor satisfacción sexual. Aunque Peter y Gloria adquirieron una nueva perspectiva, aunque no habían adquirido conciencia y comprensión para resolver sus problemas sexuales, todavía tenían que trabajar para reparar su matrimonio.

Acordaron que si su matrimonio iba a renovarse, necesitaba un nuevo comienzo. Por lo tanto, durante una acogedora cena romántica, se conocieron en su restaurante favorito, ubicado cerca de Quiet Stream. Esa noche, compartieron amorosos momentos de intimidad que los envolvieron en un dulce abrazo conversacional. Su cena terminó siendo una alegre cena tardía. La velada estuvo llena de deliciosos recuerdos de su amor compartido. Peter le pidió a Gloria que recordara su amor por ella y cuánto le importaba. Habló elocuentemente sobre la belleza que encontró en su apariencia y cómo la calidez de su personalidad lo hacía sentir especial. Le dijo que desde el primer momento en que se comprometieron en Quiet Stream, la consideró su "chica de ensueño". Expresó lo bendecido que se sentía al tenerla en su vida. Creía que Dios la hizo especialmente para él.

Gloria, para no quedarse atrás, también usó halagos reconocidos para reconocer su amor por Peter. Sus palabras reflejaban con ternura el momento que recordaba cuando compartieron su primer abrazo en el Arroyo Tranquilo. Dijo que era como si cayera en la oscuridad sin esperanza hasta que su abrazo la devolvió a la vida, tranquilizó sus sentimientos y le devolvió la esperanza. Su amor expresado por Peter repitió las palabras de la canción de Roberta Flack, "La primera vez que vi tu rostro". Gloria citó algunas palabras de la canción que hablaban del impacto amoroso que Peter tuvo en su vida. Entonces, para sorpresa de Peter, Gloria comenzó a cantar la canción: "La primera vez que vi tu rostro, pensé que el sol salía en tus ojos, y que la luna y las estrellas eran los regalos que diste a los cielos oscuros e infinitos, mi amor, a los cielos oscuros e infinitos. Y la primera vez que besé tu boca, sentí la tierra moverse en mi mano como el corazón tembloroso de un pájaro cautivo. Y la primera vez que me acosté contigo, sentí tu corazón tan cerca del mío, y supe que nuestra alegría llenaría la tierra y duraría hasta el fin de los tiempos".

Conociendo la profundidad del amor que Peter tenía por ella, Gloria afirmó su amor por él. Gozosamente enfatizó a Peter que no pasa un momento del día sin que él esté en sus pensamientos. Que él era la diferencia entre el amor y el vacío en su vida. Concluyó con esta pregunta sin respuesta, "¿Dónde nos equivocamos?" Antes de permitir que Peter diera una respuesta, Gloria pensó en las sabias palabras y el tiempo espiritual que pasó con la Hermana Pearline. Reflexionó sobre la verdad reveladora que el espejo de la Hermana Pearline le dio y que la ayudó a entender cómo se veía a sí misma. Con una voz nerviosa, Gloria le hizo a Peter esta pregunta directa, "¿Me encuentras sexualmente atractiva?" Peter quedó atónito por esta pregunta directa.

No estaba preparado para responder a esta delicada pregunta. No estaba seguro de qué decir. Contempló cuál sería la respuesta correcta o apropiada! Cómo alteraría su respuesta la cálida, tierna y positiva conversación compartida? Sin embargo, confiaba en la intimidad de este momento compartido para decir las palabras correctas.

Rezó para que no alterara el ambiente positivo que disfrutaban. Su respuesta fue "Sí!". El tono de su voz confirmó que su respuesta era verdadera, real y confiable. Le aseguró que nunca podría haber una mujer más hermosa o más atractiva para él que Ella.

Cuando se trata de resolver problemas de relación, las parejas pueden tomar uno de dos caminos: pueden echarse la culpa y permanecer hostiles el uno hacia el otro, o pueden, con amor y valentía, hablar honestamente sobre los problemas que enfrentan. Peter y Gloria decidieron tomar el camino honesto para hablar sobre sus principales preocupaciones de relación. Aunque temían los posibles peligros de dañar aún más el matrimonio al hablar honestamente sobre algunas cosas, pensaron que era necesario decir la verdad. Habían llegado a creer que hacer algo menos no solo dañaría su relación tambaleante, sino que también podría terminar con su matrimonio. Comprendieron que este era el momento de la honestidad. Si la verdad no podía salvar su matrimonio, ser mentiroso no los mantendría unidos. Poco a poco, su conversación los llevó a revelar lo que estimulaba su romance y lo que les daba placer.

Estuvieron de acuerdo en que sus atracciones sexuales mutuas habían disminuido porque se hacía muy poco en el dormitorio para estimular sus intereses. Habiendo dado por sentado sus momentos íntimos juntos, dejaron de hacer esfuerzos especiales para capturar el amor, la atención y los momentos sensuales necesarios para la estimulación. En lugar de usar lencería intrigante, seductora y tentadora o calzoncillos sexys, sus apariencias se habían vuelto poco atractivas y sin atractivo. Una vez se preocuparon por su apariencia íntima y estaban preocupados por su apariencia. Su atención personal había sido a su atractiva apariencia física. Al principio de su matrimonio, eran conscientes de la necesidad de verse bien. Era una motivación calificativa. Los mantenía interesados el uno en el otro. Los acercaba más. Sin embargo, cuando los problemas maritales y de limpieza se acumularon, su interés en el sexo y la satisfacción sexual se volvió menos atractivo. Dejaron de arreglarse el uno para el otro. Olvidaron que las apariencias físicas eran estimulantes necesarios para el atractivo sexual.

Cuando Gloria le preguntó a Peter su opinión sobre si le resultaba atractiva sexualmente, su respuesta vacilante la preocupó. Él tuvo cuidado de no herir sus sentimientos. Al mismo tiempo, no quería que pensara que solo decía lo que ella quería oír. Peter estaba... consciente de la inseguridad de Gloria consigo misma debido a su aumento de peso, pero eso no afectó ni disminuyó su amor o deseo por ella. ¡Realmente no lo hizo! Él realmente la amaba por quien era y lo que significaba para él. Sin embargo, como otras parejas casadas, permitieron que su relación amorosa cayera en un estado de complacencia. Una actitud desarrollada de apatía. Al principio de su matrimonio, Peter, después de llegar a casa del trabajo, se limpiaba para asegurarse de que los olores de su jornada laboral no apestaran la casa ni afectaran el tiempo que pasaba con Gloria. Desafortunadamente para ellos, su relación llegó al punto en que dejó de preocuparse por su apariencia o los malos olores. Dejó de hacer ajustes. Constantemente usaba la excusa de estar demasiado cansado para hacer otra cosa que irse a la cama. Después aprendió, a través de sus muchas conversaciones, que había cosas que habían dado por sentado o ignorado. Como resultado, su relación ya no era fresca, placentera ni deseable. Un gran desvío para Gloria por parte de Peter era que él no se limpiaba antes de cualquier intento de intimidad o tener relaciones sexuales. Su mal olor corporal se convirtió en un aroma difícil de aceptar para ella. Sus abrazos amorosos se vieron anulados por su horrible olor corporal. El aroma rancio de su día mohoso apagó cualquier interés sexual que pudiera haber sentido o deseado por él.

Gloria, aunque molesta por el olor de la persona de Peter, no le había dado ninguna razón para saberlo o creerlo. que su olor corporal le resultaba ofensivo o un problema en absoluto. Su silencio sobre este tema lo mantuvo sin tener ni idea de que su olor corporal contribuía a sus preocupaciones en el dormitorio. Peter había asumido erróneamente que su interés amoroso había cambiado y había colocado sus afectos en otro lugar o en otra persona.

Después de escuchar lo que Gloria dijo sobre su apariencia y olor corporal, Peter entendió su resistencia hacia él. Su conversación lo hizo consciente de que el atractivo sexual en el dormitorio debe implicar esfuerzos deliberados para verse sensualmente bien y oler atractivamente bien. La limpieza corporal y las apariencias atractivas parecen haber sido el corazón de los problemas sexuales de esta pareja, que en la superficie deberían haber sido problemas pequeños y fáciles de resolver. Sin embargo, está bastante claro que cuando la verdad, la honestidad y la voluntad de hablar de asuntos problemáticos, las pequeñas cosas, las irritaciones y las molestias pueden convertirse en grandes problemas en las relaciones matrimoniales. Siempre que las parejas no se comunican entre sí sobre cosas grandes o pequeñas que los irritan, a menudo ocurren malentendidos. Es por eso que las parejas necesitan hablar honestamente entre sí acerca de los temas que pueden molestarlos antes de que estas pequeñas molestias comiencen a erosionar la alegría del amor y la intimidad que desean en sus relaciones.

Peter, tras escuchar lo que Gloria dijo de él, se convenció de sus hábitos. Le pidió disculpas a Gloria por su insensibilidad y en ese momento renovó sus votos de amor. ella. Se comprometió a ser más consciente física y espiritualmente de qué y cómo satisfacer sus necesidades. Quería que Gloria supiera que era su único y verdadero amor para el resto de sus vidas. Después de tomar las manos de Gloria, las colocó sobre su pecho, junto a su corazón. Entonces le aseguró su amor y reconoció que comprendía dónde se habían equivocado. Prometió no permitir que su matrimonio volviera a ir por ese camino.

Sin embargo, antes de que Gloria permitiera que cayera el telón sobre errores pasados, momentos vacíos y encuentros arrepentidos, quería que Peter le dijera por qué ya no sentía atracción por ella. ¿Estaba relacionado con su forma de vestir, su aumento de peso o su baja autoestima? Todo lo que Gloria necesitaba era sentirse amada, querida y deseada. Le dijo a Peter que sin sus brazos amorosos para abrazarla y consolarla, no siempre se sentía convencida de que él todavía la amaba. Este sentimiento de incertidumbre a menudo contribuía a su desarrollada actitud celosa. En silencio, se sentía emocionalmente abandonada y lo acusaba de ser infiel. "Dime qué crees que ha ido mal entre nosotros? O en la relación?" Buscó fervientemente su respuesta. Quería saber qué le había quitado su amor.

Las palabras de amor de Peter llenaron de lágrimas los ojos de Gloria y llenaron de alegría su corazón. Sus tiernas palabras le aseguraron que su amor por ella no había cambiado ni cambiaría jamás. Admitió que había problemas que debían resolverse. abordado. Sin embargo, su tamaño físico o peso no eran una preocupación para él. La expresión alegre de Peter trajo una sonrisa a los labios de Gloria cuando dijo que su aumento de peso no era un desvío, sino un estímulo. Él amorosamente le dijo que su tamaño le daba más de ella para amar. El problema que le molestaba era su atuendo de dormitorio. Era cómo se vestía para dormir. ¡Gloria estaba desconcertada por su declaración! Ella le pidió que explicara por qué la forma en que se vestía para dormir era un problema. Peter compartió sus frustraciones diciéndole que la hora de acostarse para él era un momento íntimo. Es un momento para acercarse, unirse y ser estimulados para los placeres sexuales. Es un momento íntimo para que las parejas se involucren en hacer el amor apasionadamente. Sin embargo, Peter le dijo a Gloria que en lugar de que su hora de acostarse fuera un momento íntimo para compartir, se había convertido en lo opuesto, un momento de desvío porque lo que ella vestía para dormir no creaba el ambiente para el sexo. Su pijama y calcetines de algodón hacían que el ambiente para el sexo fuera menos atractivo. En lugar de ponerse lencería delicada que despertara su interés y deseo, a menudo usaba algún tipo de ropa poco atractiva para ir a la cama.

Peter le dijo a Gloria que el mensaje que recibía de su ropa de cama era básicamente "No me molestes". O "No estoy de humor!". Dijo que cada vez que intentaba tocarla o abrazarla, a menudo se sentía rechazado. Le hacía sentir que ella no lo quería o que no creía que él quisiera estar con ella. Sentía que sus esfuerzos por tener intimidad con... ella no era genuina o no era apreciada. Por lo tanto,

Peter asumió por su fría respuesta a sus esfuerzos por hacer el amor que Gloria tenía la impresión de que él solo estaba siguiendo los pasos, fingiendo. Que sus acciones se hicieron simplemente para mantener la paz en el matrimonio. Gloria se horrorizó al escuchar cómo Peter caracterizó sus acciones, su actitud hacia hacer el amor y su falta de intimidad sexual. Con lágrimas en los ojos, Gloria se disculpó por los mensajes erróneos que Peter había recibido o percibido sobre su deseo de tenerlo o estar con él. Ella reafirmó su amor por él con la promesa de que haría todo lo posible, de ahora en adelante, para ser siempre atractiva para él. Expresó apasionadamente su amor y respeto para que él entendiera que él era su hombre. El único hombre que ella quería, deseaba o amaba. El compromiso afirmado de Gloria con Peter fue recibido con alegría.

Después de que Peter y Gloria expresaron sus pensamientos sobre sus problemas matrimoniales, se abrazaron y acordaron arreglar su matrimonio. Este proceso de renovación se convirtió en un momento de conexión, cercanía y sanación del dolor que habían sentido en su matrimonio. Con renovado interés y atracción mutuos, su velada concluyó con ellos envueltos en una tierna escena de amor y dicha sexual. Fue el tipo de experiencia del 4 de Julio que ambos anhelaban compartir. Durante sus conversaciones, Peter y Gloria aprendieron mucho sobre cómo mantener el ferviente calor del amor y intimidad en su matrimonio.

Entre ellos estaba su compromiso de ser siempre honestos el uno con el otro y priorizar la buena comunicación en todas sus conversaciones. Se dieron cuenta de que ser honestos sobre los problemas matrimoniales y no tener miedo de hablar de ellos era la clave para su restauración. Comprendieron que, al aplicar la intimidad a sus momentos sexuales, su matrimonio será fuerte, duradero y reflejará el tipo de amor que los mantendrá unidos.

Parte 4

FAMILIA Y AMIGAS
"¿Es un asunto de familia?"

Capítulo 21

"Grupos de apoyo"

Los matrimonios exitosos se basan en parejas amorosas, entornos de vida saludables y un apoyo familiar y de amistades sólidas y discretas. Este es el cuarto elemento de la combinación de elementos que las parejas casadas deben aplicar eficazmente para que sus matrimonios sean realmente la vida que construyen juntos. Como en todos los niveles de las relaciones matrimoniales, gran parte de la eficacia depende de la calidad, la intensidad y la similitud de la comunicación y la relación entre las parejas.

Las parejas se unen en matrimonio para construir su futuro juntos. Sin embargo, no llegan a la relación desconectados de sus historias pasadas ni de las relaciones previas que mantuvieron. También traen consigo las conexiones familiares, las amistades y otros conocidos de su matrimonio. Estos familiares amigos y conocidos tienen vínculos emocionales e interés dedicado en cada miembro de la sociedad matrimonial. Estos supervisores amorosos se convierten en coberturas protectoras y vías para que las parejas busquen su consejo, asesoramiento y/o salidas para desahogarse. Debido a que las parejas son amadas por ellos, estos grupos quieren asegurarse de que el esposo y la esposa estén bien cuidados y tratados adecuadamente. Sin embargo, por muy importantes que puedan ser estos grupos de apoyo necesarios para ayudar a las parejas casadas, a veces pueden ser obstáculos para el desarrollo familiar de las parejas. Sin pretender ser influencias negativas de ninguna manera, a veces pueden contribuir a los problemas maritales de las parejas. Por lo tanto, para evitar tales resultados, las parejas casadas deben hablar entre sí y aceptar la participación de familiares y amigos en sus vidas matrimoniales. A través de este acuerdo, las parejas evitarán muchas aportaciones maritales negativas bienintencionadas, pero a veces innecesarias. En cambio, podrán incorporar interacciones positivas de estos grupos de apoyo necesarios. Cuando las parejas no logran hablar ni acordar en qué medida estas valiosas relaciones estarán involucradas en sus matrimonios, a menudo se encontrarán en conflicto entre sí por tales asuntos.

Capítulo 22

"Familia y Amigas"

La familia generalmente está formada por personas que te conocen, te quieren, confían en ti y te apoyan. A menudo se acepta a la familia como la base de la fortaleza que impulsa los sueños y afianza las esperanzas. Las relaciones familiares son extensas, queridas y apreciadas. La familia conecta a hermanos y hermanas que se aprecian mutuamente. Los hermanos son miembros de la familia que suelen crecer juntos. Como ocurre con todos los miembros de una familia que crecen juntos, hubo momentos en que los hermanos y hermanas se irritaban, se enojaban y se gastaban bromas. Cuando el acto se cometía contra ti, no solo te hería el alma, sino que también te hacía preguntarte en ese momento cómo podrías soportar vivir con ellos. Sin embargo, después de haber crecido juntos y haber compartido las mismas experiencias familiares, estas conexiones familiares se valoran lazos que atesoras en tu corazón. Puedes criticar a tus familiares, decirles cosas negativas cara a cara, y aun así recibirán tu amor. Sin embargo, que nadie fuera del círculo familiar haga comentarios despectivos sobre ningún miembro de la familia sin que sienta la ira y la reacción de la familia.

Peter y Gloria valoraban sus interacciones familiares y les daban la bienvenida a su participación en su matrimonio. Las lecciones que aprendieron sobre la familia les hicieron valorar su participación en la relación. Esto ocurrió durante los primeros tiempos de su matrimonio. Tenían una idea errónea de lo que se debía hacer para mantener a la familia pacíficamente involucrada en sus vidas. Por lo tanto, cada vez que alguien los convocaba o planeaba actividades o eventos familiares, se sentían obligados a estar allí. A menudo, estos eventos familiares entraban en conflicto con sus planes previos. Pronto, sus actitudes hacia los eventos familiares se volvieron resentidas por tener que asistir y participar en ellos. Aunque era una queja, no se lo dijeron a nadie, ni siquiera entre ellos. La razón es que cuando era la familia de Gloria la que interrumpía su evento planeado, Peter accedía a regañadientes, con resentimiento y malicia silenciosos en su mente debido al evento. Aunque no dijo nada al respecto, incluso le guardaba resentimiento a Gloria por tener que asistir al evento. Sin embargo, cada vez que la familia de Peter los invitaba a participar en salidas familiares que cuando interrumpía las actividades programadas de la pareja, Gloria encontraba excusas para no ir. Al darse cuenta de que su ausencia en los eventos familiares de Peter causaría conflictos entre ambos, se involucró con poca dedicación en los asuntos familiares. Por lo general, una vez que comenzaban los eventos, aprovechaba la oportunidad para justificar su partida anticipada. No le gustaban los eventos ni quería participar. No le contaba a Peter lo que le disgustaba por miedo a ofenderlo.

Ni Peter ni Gloria detestaban a la familia de su pareja. El problema para ellos era que, a menudo, los eventos y actividades planeados por sus familias se interponían en lo que ellos mismos habían plancado. Sin consideración alguna, se esperaba que estuvieran presentes en todos los eventos familiares, independientemente de si tenían planes propios o no. Este problema de lidiar con los eventos familiares se había convertido en una preocupación compleja. Se habían condicionado a permanecer en silencio en lugar de expresar a los organizadores del evento sus propios intereses, preocupaciones y deseos. Ni Peter ni Gloria querían dar a ninguna de las familias la idea o indicación de que no les gustaba estar con ellos o querían participar en sus eventos familiares. Su problema radicaba en que no podían o no querían decir en voz alta lo que sentían en sus corazones. Tenían un problema de comunicación. La solución a su dilema era simple: necesitaban hablar entre sí. Como se negaron a arriesgarse por por temor a que esto les causara mayor dolor entre sí, siguieron ignorando este tema divisivo. Sin embargo, como el tiempo revelaría, las cosas no mejoraron al no abordar el problema. Finalmente, Gloria lo dijo en voz alta: "Tenemos que hablar!". Peter asintió.

Mientras Peter y Gloria hablaban sobre la participación de sus familias en su matrimonio, se sorprendieron gratamente de que ambos compartieran los mismos pensamientos sobre la situación. Recordaron las cosas que el pastor les dijo durante su consejería prematrimonial. Les dijo que mantuvieran a sus familias en sus corazones, pero que las mantuvieran a distancia de involucrarse en su matrimonio. Su razonamiento era que el matrimonio a menudo es una relación percibida que se proyecta a los demás en dos formas visibles: una como la instantánea de una cámara y la otra como una película en desarrollo. La versión instantánea es lo que las personas fuera del matrimonio ven y mantienen como su visión de la relación. Esta es una razón por la que las parejas deben dudar en incluir a familiares y amigos en sus discusiones, problemas, dificultades, disputas, discusiones o desacuerdos matrimoniales. El problema con los momentos instantáneos es que pueden convertirse en imágenes negativas duraderas y actitudes de resentimiento hacia uno u otro cónyuge. Las instantáneas no son imágenes completas ni historias duraderas. Sin embargo, el resentimiento, la amargura o, a veces, el odio hacia esa persona pueden ser la resultados basados en la imagen fotográfica de la relación realizada por familiares y amigos.

Las parejas casadas tienen conflictos. Se enfadan. Se van. Se insultan. Lloran y amenazan con terminar la relación. Sin embargo, como se trata de una relación continua, y no de un instante, poco después de que la disputa que causó la ruptura haya tenido tiempo de reconsiderarse, se recuperan de su enojo, se perdonan y vuelven a abrazarse. Esa es la diferencia entre ambas proyecciones. Por lo tanto, las parejas casadas necesitan amar a sus familias y amigos. La familia y los amigos deben seguir amándolos sin interferir en sus desacuerdos matrimoniales.

Peter y Gloria coincidieron en que compartir tiempo con sus familias era importante para ellos. Necesitaban esa interacción familiar tan especial. Sin embargo, conocían la importancia de reservar tiempo personal para sí mismos. Valoraban los momentos compartidos en familia, donde se creaban diversión, relajación y recuerdos preciados. Estas actividades familiares les hicieron apreciar a cada una de sus familias. Por lo tanto, para mantener la paz con las familias, acordaron compartir tiempo con ellas, pero reservar tiempo para sí mismos. El sabio acuerdo de Peter y Gloria demostró amor y aprecio por la participación de sus familias en sus vidas. Sin embargo, también valoraron su decisión de reservar tiempo el uno para el otro. Para construir su propia historia familiar, necesitaban tiempo a solas. Tiempo personal. Tiempo íntimo. Tiempos personales que, con el tiempo, reflejarían recuerdos valiosos. La familia, el amor y la colaboración son elementos en los que las parejas han confiado para construir sus matrimonios.

Los amigos y las amistades son relaciones valiosas que las parejas casadas necesitan tener y compartir. Los amigos son necesarios para fortalecer las conexiones sociales y el apoyo emocional. Sin embargo, cuando estas relaciones no se miden cuantitativamente, su presencia e implicación en el tiempo de la pareja pueden afectar negativamente sus interacciones. Por ejemplo, cuando las personas que son amigas de parejas casadas y no reconocen la necesidad de que las parejas pasen tiempo a solas, vulneran la amistad siendo desconsideradas. Esta conciencia a menudo tensa dichas amistades o las termina por completo. Para evitar perder amigos o tener conflictos en los matrimonios debido a las interacciones invasivas de los amigos con ellos, las parejas deben discutir y acordar la asociación social de los amigos. Con demasiada frecuencia, las parejas casadas incurren en conflictos en sus relaciones porque asumen que sus parejas no tienen objeciones a que pasen tiempo con sus amigos cuando podrían haber estado con ellos. Los conflictos matrimoniales arraigados en malentendidos a menudo se basan en suposiciones. Por lo tanto, para evitar malentendidos y conflictos malsanos entre amigos, las parejas deben ser honestas sobre los roles y la participación de los amigos en sus relaciones.

La participación de los amigos en los matrimonios de las parejas debe ser un acuerdo. Este acuerdo puede incluir horarios, actividades o eventos predeterminados que las parejas se permiten compartir con amigos. La participación, la comunicación, la comprensión compartida y el acuerdo son elementos necesarios para las relaciones de amistad saludables. Por ejemplo, si Gloria, sin haberle comunicado a Peter su horario deseado para el día, fue de compras desde temprano en la mañana hasta tarde en la noche con sus amigas, esto podría causar conflictos en el matrimonio. Asumir que algo no es un problema a menudo se convierte en un problema. Sin un entendimiento y acuerdo previos, Peter tendría motivos para estar enojado con Gloria. La verdad del asunto, sin comprensión en las relaciones matrimoniales, tal desconsideración muy probablemente causaría problemas en el matrimonio.

Las suposiciones pueden destruir matrimonios. Por ejemplo, si los amigos de la esposa, sin consultar al esposo, la invitan a salir y la mantienen fuera de casa hasta altas horas de la noche, suponiendo que no habrá conflictos. La falta de consideración de estos amigos es una falta de respeto al hogar y al matrimonio de la pareja. Los amigos son valiosos, pero cuando se prioriza el tiempo compartido por encima de estar con la pareja o en casa, la amistad se convierte en un precio demasiado alto.

Igualmente! Los mejores amigos del esposo que pasan largas horas en su casa son desconsiderados con su tiempo. esposa. Hay momentos en que los amigos pueden revivir experiencias pasadas, pero nunca deberían hacerlo a expensas del matrimonio. Cuando los amigos asumen que sus visitas prolongadas no son un problema, esta suposición suele sembrar discordia y generar problemas en la relación. A primera vista, estas acciones de los amigos parecen no tener ningún conflicto. Después de todo, solo son amigos. Sin embargo, cuando los amigos llegan sin avisar, vienen sin ser invitados o se quedan demasiado tiempo y no se dice ni se hace nada para evitarlo, se convierte en un problema familiar.

Cuando los esposos permiten que sus mejores amigos se queden largas horas en sus casas, dejándolos asumir que pueden quedarse todo el tiempo que deseen, esto se convierte en una suposición errónea. Las parejas casadas siempre deben tener presente que el hogar es su lugar sagrado de vida que pertenece a cada uno de ellos. Por lo tanto, todas las actividades e invitados a sus hogares deben venir con la aprobación compartida. Sin esta consideración de cada miembro de la pareja, su hogar se convertirá en un lugar de disputas maritales. Las parejas deben reservarse el derecho en sus hogares de mantener el respeto por sí mismos, el uno al otro, y de rechazar la falta de respeto de cualquiera a su espacio o lugar. Esto incluye incluso a amigos irrespetuosos. El hogar siempre debe ser valorado por las parejas con el derecho a reservar sus espacios personales y privados.

La participación de los amigos en la vida de las parejas casadas debe ser aceptada por ambos cónyuges. Cuando ciertos amigos interrumpen en la vida, el hogar y/o la relación de las parejas casadas, la asociación con esos amigos debe ser descartada. Sin embargo, cuando los amigos de las parejas casadas son respetuosos y contribuyen positivamente a la relación, son amigos con quienes las parejas pueden estar de acuerdo en compartir su compañía.

Capítulo 23

"El divorcio no es una estrella brillante"

Las parejas que experimentan problemas de intimidad en sus matrimonios a menudo descubren que sus relaciones sexuales se convierten en interacciones físicas rutinarias. Al carecer de la valentía para abordar este problema con la intimidad, comienzan a encontrar fallas, a poner excusas y a distanciarse. El miedo a ser lastimados o malinterpretados es una de las principales razones por las que las parejas no reconocen este problema íntimo. El resultado es que el problema permanece sin resolver. Retrasar las conversaciones sobre la intimidad marital no trae soluciones. El vacío de las relaciones sexuales debido a la intimidad privada a menudo conduce a dolores, heridas y rechazos postergados. Pronto, la relación se degradará hasta el punto en que los pensamientos o las sugerencias reales se centrarán en la separación o el divorcio. Sin embargo, antes de que se produzcan conversaciones sobre el divorcio, las parejas deben reevaluar cuán sagrado es el matrimonio para ellos y cuánto lo valoran. Estas conversaciones de reevaluación se convierten en oportunidades para considerar las consecuencias del divorcio.

Contrariamente a lo que algunos pueden creer, el divorcio nunca es un proceso suave de partida y separación. El divorcio se vuelve más a menudo como el hambre de un tigre furioso hacia su presa. Devora brutalmente las relaciones. Arrancando la vida de los matrimonios y dejando los restos de una conexión que una vez fue amorosa destrozada en muchos pedazos. El divorcio es un proceso de dolor y agonía tortuosos. Trae descontento y desánimo. Cuando las parejas se enfrentan al divorcio, deben considerar cómo se verán afectadas sus vidas después de este proceso. El descontento influirá en su decisión hacia una vida mejor. Las parejas desanimadas no encontrarán en cualquier acuerdo de divorcio la paz, la comodidad y la seguridad que buscan para sí mismos. El divorcio es un mundo de oposición. El divorcio es un peligro presente cuando ocurren percances matrimoniales, y un invitado no invitado que trae conclusiones negativas. ¡Divorcio! No importa cuán suave pueda parecer una separación a primera vista, no importa cuán amigable sea la imagen de bondad que el proceso pueda presentar, no importa qué impresiones puedan tener los demás sobre las separaciones de las parejas, el divorcio sigue siendo un proceso doloroso. Siempre deja cicatrices (visibles e invisibles). Cicatrices de rechazos. Cicatrices de sentimientos incompletos. Cicatrices de pensamientos de fracaso y derrota. Otras cicatrices emocionales son evidencia del daño destructivo causado por el divorcio, similar a un tornado A los matrimonios. El divorcio es la consecuencia de la ruptura de las relaciones matrimoniales. Es un testimonio de amor, pérdida y respeto. Es la decadencia moral de los votos sagrados de fidelidad hasta la muerte.

Entendiendo que Dios ordenó los matrimonios como relaciones duraderas de pacto entre hombres y mujeres, el divorcio no debe considerarse una decisión para celebrar. Ni sus actos, ni sus actividades, ni sus eventos. Muchas parejas involucradas en el proceso de divorcio llegan a conclusiones negativas sobre el valor de su vida, su capacidad de amar y su relación con Dios. Es en estos momentos de separación matrimonial que se necesitan oraciones para cubrir el dolor y las decepciones del divorcio. Para algunas parejas, pensar en el divorcio y las separaciones es doloroso, desalentador y humillante, y genera sentimientos de vergüenza. La separación les roba la paz mental y les hace concluir que nada parece importar ni tener valores que valga la pena perseguir. Las parejas que llegan a este punto en sus relaciones necesitan saber que, independientemente de lo que piensen, si creen en Dios, ¡es hora de orar! La oración suele ser la respuesta reconfortante a los contratiempos matrimoniales. Sin la fuerza y el poder de la oración, el impacto emocional del divorcio en las parejas suele dejarlas con un daño negativo indefinido.

El divorcio es una decisión moral que refleja el declive de la confianza conyugal. En el mejor de los casos, puede describirse como una relación fallida.

Aparte de estar en un matrimonio abusivo, el divorcio nunca se ha considerado una buena solución. Sin embargo, en situaciones abusivas, el divorcio puede ser la mejor solución. El divorcio es un acto final decepcionante para las parejas que sueñan con una relación duradera. Por lo tanto, cuando los matrimonios se rompen y el divorcio es un tema recurrente, el proceso de construir una vida juntos pronto termina. El divorcio priva a las parejas de su amor, sus sentimientos íntimos, sus emociones y sus deseos sexuales. No debe utilizarse como amenaza, fuerza ni poder cuando los matrimonios atraviesan dificultades. El divorcio es una amarga píldora de descontento que no debe utilizarse para superar diferencias percibidas como irreconciliables.

Las parejas cuyos matrimonios parecen decididos a terminar en divorcio deben esforzarse al máximo por comprender qué falló en sus relaciones. Durante este período de evaluación, deben buscar saber dónde y cuándo se produjeron las desvinculaciones entre ellos. Mientras buscan respuestas a su dilema matrimonial, necesitan explorar las posibilidades de reparar y restaurar sus relaciones. El divorcio es una opción para todos los matrimonios con problemas. Sin embargo, las parejas no deben usar palabras negativas o profanas entre sí para justificar su divorcio. No se debe dar poder a las disensiones entre ellos para que el divorcio tenga la última palabra. Las posibilidades de reconciliación deben incluirse en las conversaciones. Una relación revitalizada puede obtenerse a través de respuestas que involucran amabilidad, respeto, perdón y segundas oportunidades. El razonamiento es simple. Antes de que los cambios puedan ocurrir en cualquier situación, la verdad debe prevalecer. Estas expresiones honestas de emociones reprimidas, actos de comportamiento no deseados y todas las decisiones que han influenciado o impactado los matrimonios deben ser dichas desde el corazón. Las circunstancias que causaron el daño, el dolor y el malentendido deben resolverse positivamente. Recuerde, el divorcio nunca tuvo la intención de ser la última palabra en ningún matrimonio. Ni por Dios que lo estableció, el pastor que los casó, los amorosos familiares y amigos que los colmaron de amor y bendiciones, o incluso las propias parejas que pensaron que sus matrimonios durarían toda la vida.

Stan y María se dieron cuenta de que la vida matrimonial es un mundo valioso de posibilidades que necesitan ser descubiertas y rodeadas de amor. Es un tesoro que vale la pena buscar y perseguir. La atracción amorosa con la que comenzó su relación demostró ser lo suficientemente fuerte como para mantenerlos unidos a través de sus momentos de lucha, malentendidos y otros obstáculos que enfrentaron. Se dieron cuenta de que el matrimonio es más que una ceremonia. Es un proceso de unión entre parejas que desean compartir sus vidas, amor, esperanza y posibilidades. Cuando se enfrentaron a situaciones contenciosas que incluían rumores de infidelidad, problemas de dinero u otros problemas familiares, en lugar de buscando la aprobación o aceptación de otros fuera del matrimonio, se abrazaron, creyeron el uno en el otro y permanecieron juntos. No permitieron que la idea del divorcio se convirtiera en algo definitivo. Creían que se amaban lo suficiente como para soportar cualquier dificultad que pudieran enfrentar. Aun así, tenían problemas matrimoniales y asuntos divisivos que abordar.

María provenía de una sólida formación religiosa. Rezaba con frecuencia. Sus oraciones durante esos primeros días de problemas matrimoniales le dieron la fuerza para soportar las burlas y los abusos verbales que Stan le dirigía. Él era extremadamente negativo hacia ella, lo que causaba mucha tensión y conflictos en su matrimonio. Parecía que después de cada escaramuza o discusión, sus palabras se hacían eco de sonidos que sugerían que debían romper o terminar el matrimonio. Estos conflictos matrimoniales siempre dejaban a María con sentimientos heridos y baja autoestima. Aunque el dolor de estas interacciones negativas la hacía sentir débil, estaba decidida a no rendirse. En cambio, confió en su formación religiosa, su formación y su disciplina para controlar sus impulsos de responder negativamente a Stan. En lugar de intercambiar insultos con Stan, le ofreció la alegría y la paz que le brindaba su relación espiritual con Dios. Aunque Stan no era muy receptivo a estas cosas religiosas, María quería que él supiera que fue a través del amor, la fuerza y el poder de Dios que pudo soportar sus insultos maltratarlo y aun así amarlo. Stan, al no ser un hombre religioso, se resistió a sus intentos de imponerle a Dios. En cambio, Stan se burló de la creencia de María en Dios, llamándola simplemente "balbuceos espirituales".

Los antecedentes y la crianza de Stan fueron bastante diferentes a los de María. El vecindario del que provenía era considerado por los estándares sociales normales como duro, inseguro para vivir y con la afirmación de que nada bueno viene de él. Las personas con reputación dura o mala eran consideradas la clase del "Campamento", como la gente de su vecindario llamaba a su ubicación, y llevaban ese estigma como si fuera una insignia de honor. La forma áspera y a veces insensible de Stan de hablar con la gente reflejaba la influencia que su entorno tenía sobre él.

Aprendió a sobrevivir en él. Por lo tanto, su origen era un patrón andrajoso de problemas, luchas y evasiones. Para él, la vida era dura, cruda y un gran desafío para sobrevivir. La atmósfera violenta, las constantes acciones negativas y las actitudes protectoras de la gente de su vecindario exigían que fuera duro. Tenía fe. No una fe espiritual basada en alguna religión o Dios. No tenía tiempo para creer mucho en un Dios que no podía ver. Sus habilidades de supervivencia estaban dictadas por este código callejero: "vale por ti mismo y no confíes en nadie más". Por eso, cuando se trató de que María compartiera su fe y amor por Dios (balbuceo, lo llamó), Stan no estaba listo para escuchar ni recibir.

Para Stan, las conversaciones de María sobre Dios no eran más que ruidos religiosos. Pasar tiempo orando a Dios por necesidades, ayuda o cualquier cosa que le fuera dirigida era tiempo perdido. Sentía que no había ningún beneficio en depositar o tener fe en un Dios que no se puede ver, tocar o probar su existencia. Stan se resistía a aceptar el Dios de María y su fe. Ella constantemente lo invitaba a unirse a ella para ir a la iglesia o pasar tiempo con ella en oración. Stan no podía comprender el concepto de cómo Dios, al estar centrado en su vida, le proporcionaría seguridad y protección. Aun así, el impacto de la devoción de María a su fe planteaba preguntas sobre su pensamiento. Tales preguntas incluían: la fe en Dios impediría que otros le dispararan o que las balas lo alcanzaran? Qué hay de estar seguro en su propia casa? Cómo evitará que los ladrones entren en sus casas o los golpeen creer en Dios? Por lo tanto, Stan resumió su disposición a creer en Dios en una palabra: No! En lo que a él respectaba, estaba dispuesto a dejar esta charla sobre Dios y la creencia en Dios a la gente que asistía a la iglesia. No era para él.

Desafortunadamente, Stan había basado su deseo de creer en Dios en la observación de feligreses que dedicaban tiempo a orar a Dios, pero no sentían afecto por quienes no asistían a la iglesia. Para él, este desfile hipócrita no era más que juegos religiosos en nombre de Dios. Consideraba a estas personas como simples charlatanes, cantores a viva voz y personas que oraban durante largos periodos, pero que no eran mejores. que las personas a las que criticaban. Según su observación, muchas de estas personas que siempre iban a la iglesia no eran más que impostores. Estas imágenes negativas de la fe de los feligreses en Dios eran más de lo que Stan podía aceptar. No veía ningún valor espiritual en adorar a este Dios invisible. El compromiso de Stan era consigo mismo para sobrevivir, no con un Dios invisible.

A pesar de sus luchas y enfrentamientos por creencias y prácticas religiosas, María ejerció una influencia amorosa sobre Stan que lo llevó, a su manera, a considerar la posibilidad de tener una relación personal con Dios. Podía ver que María estaba comprometida con su fe. Aunque se burlaba de su devoción a este Dios invisible. Sin ser autoritario ni exigirle a Stan que aceptara su fe en Dios, algo sucedió. Su silenciosa influencia funcionó. Un cambio espiritual llegó a la vida de Stan. Exactamente qué lo causó, solo Stan lo sabe. El momento o la hora en que ocurrió el cambio, solo Stan lo sabe. Sin embargo, se hizo evidente para María y para otros, por su cambio de actitud, que Stan se había convertido en creyente en Dios. Había llegado a poseer una comprensión personal del Dios que había etiquetado como un concepto, un "ser invisible" cuya existencia era una pérdida de tiempo. Muchos se preguntaban quién podría haber causado que este acérrimo rechazador de Dios ahora profesara fe en Él. Las especulaciones eran muchas. Tal vez tuvo un encuentro dramático con Dios que llamó la atención y que lo llevó para examinar su corazón. Tal como el que experimentó el apóstol Pablo en el camino a Damasco. Los ojos espiritualmente cegados de Pablo se abrieron a la verdad acerca de Dios (Hechos capítulo 9, KJV). Tal vez su encuentro con Dios fue una rendición silenciosa a la revelación y aceptación de que Jesús era el mesías esperado. Su curiosidad tal vez fue la misma que la de Natanael cuando Felipe le dijo que habían encontrado al Mesías. Cuando Natanael cuestionó la declaración, Felipe simplemente le dijo: "Ven y mira"

(Juan 1:45-46, KJV). O tal vez solo estaba dispuesto a aceptar la invitación de Dios por fe para conocerlo espiritualmente. Tal fue el llamado de los primeros discípulos de Jesús, Pedro, Andrés, Santiago y Juan, pescadores a quienes se les pidió que se convirtieran en sus discípulos y lo siguieran. Inmediatamente dejaron sus redes, dejaron sus barcas y lo siguieron al discipulado (Mateo capítulo 4, KJV).

O quizás era simplemente el cansancio de Stan por luchar, tanto interna como externamente, por la existencia de Dios. Necesitaba alivio espiritual. Carecía de paz mental. Quizás esto fue lo que lo impulsó a buscar a Dios por sí mismo. Su vida se había convertido en un proceso de lidiar con las dificultades. A diario luchaba con ansiedades, depresiones y baja autoestima. Pronto se dio cuenta de que su estado mental lo estaba llevando peligrosamente a niveles donde podría perder todo lo que amaba y valoraba. Lo más importante eran los pensamientos de perder a su amada María y su matrimonio. Este miedo a la pérdida se basaba en los muchos las luchas que él y María tuvieron para resolver los problemas en su matrimonio. Esta consternación le causó un profundo dolor y una mente perturbada por la idea de que María lo dejara o se divorciara de él. Creía que perderla dejaría su vida y su hogar vacíos de amor. Había luchado con los conceptos de lo correcto y lo incorrecto, la verdad y la simulación. Estaba confundido tratando de vivir en dos mundos de estándares. Amaba a María, pero nada salía bien. Necesitaba amarla y ser amado por ella, su lucha con los problemas le causaba agitación interna. Su matrimonio para él se había convertido más en una tortura que en un placer. Stan no tenía paz. Agonizaba por su dolor. El divorcio parecía ser la única salida de este laberinto confuso en el que estaba atrapado. Necesitaba paz mental. La mente perturbada de Stan le hizo pensar en perder a María, su preciado amor. Le pareció que lo que pensó que sería un viaje de pareja se había convertido en una calle de un solo sentido hacia la soledad.

Stan estaba listo para renunciar a la relación. Entonces, para su sorpresa, sintió unos brazos tiernos y amorosos que lo abrazaban. La sensación de ese toque cálido y seguro calmó sus miedos, dudas y ansiedades. María le susurró al oído: «El amor es más fuerte». Aunque le resultaba familiar el sonido de la voz de María, ese día sonaba diferente. La dulzura y la amabilidad de sus palabras lo penetraron sus pensamientos aprensivos, cambiando su mente y su vida. Se sintió seguro por primera vez en su vida de que el amor y este matrimonio que tanto apreciaba era digno de confianza. Se giró y abrazó a María. Su amplia sonrisa demostraba que coincidía con sus palabras: "El amor es más fuerte."

El amor es más fuerte que los esfuerzos por engañar, destruir, disuadir o menospreciar lo que Dios ha ordenado.

Por lo tanto, las parejas que contemplan el doloroso proceso del divorcio deben tomar tiempo (tiempo personal, tiempo espiritual, tiempo a solas, tiempo serio y tiempo de autoevaluación honesta) para examinar y analizar sus diferencias maritales. Después, deben considerar los efectos que las decisiones de terminar los matrimonios alterarán indefinidamente sus vidas. Los tiempos utilizados en las discusiones marciales de los problemas por parte de las parejas son importantes. Nunca deben verse como ejercicios inútiles o tiempo perdido. Hacer tiempo para discutir y comprender qué sucedió con el amor que los unió es significativo y no es tiempo perdido. Este amor debe considerarse más fuerte que cualquier cosa que venga a separarlos. Debe ser más fuerte que cualquier obstáculo que venga a dividirlos. Más fuerte que cualquier esfuerzo diseñado para destruir momentos significativos de intimidad. Más fuerte que todas las demás entidades externas que buscan interferir con el amor, el crecimiento y el desarrollo de las relaciones matrimoniales.

Las parejas casadas que están considerando divorciarse, pero aún intentan resolver sus problemas matrimoniales, necesitan aprovechar cada momento como una oportunidad compartida para hablar de sus diferencias. Es a través de estas conversaciones que los matrimonios se fortalezcan y los problemas matrimoniales se afronten. Este proceso a menudo marca la diferencia entre permanecer juntos o distanciarse más. Los matrimonios con problemas suelen tener una necesidad urgente de que las parejas presten atención personal a sus problemas matrimoniales. Por lo tanto, las parejas deben hacer todo lo posible para salvar o preservar sus matrimonios. Esto incluye reconocer que ahora es el momento de hacer todo lo que se pueda, se necesite y se deba hacer. Cuando las parejas en matrimonios con problemas no consideran que el tiempo juntos sea un buen momento para conversar, reconocerán que una vez que el tiempo haya pasado, se ha ido para siempre.

El tiempo perdido es irrecuperable. Las parejas preocupadas por resolver sus problemas matrimoniales deben comprender que ahora es el mejor momento para buscar soluciones. Quienes aprovechan su tiempo compartido evaluarán espiritualmente sus relaciones. La importancia del lugar de Dios en los matrimonios a menudo determina la capacidad de la relación para superar momentos difíciles. Cuando Dios falta en los matrimonios, rara vez se hacen los cambios o ajustes necesarios. Desafortunadamente, muchos de estos matrimonios terminan en el camino del divorcio. Los matrimonios que carecen de un entendimiento claro sobre los asuntos pendientes y las razones por las que su relación se disuelve, se preguntarán: "En qué nos equivocamos?".

El amor que Peter y Gloria sentían el uno por el otro impidió que su matrimonio problemático se convirtiera en una estadística matrimonial. Su relación el matrimonio podría servir de ejemplo para las parejas que piensan en divorciarse. Aprendieron que el amor verdadero, el amor genuino y el amor consensual les ayudaron a superar las dificultades matrimoniales. Les permitió permanecer juntos en lugar de separarse. Su relación continuó porque consideraban su matrimonio un compromiso valioso y muy valioso.

La fuerza del matrimonio reside en el amor. Es el proceso comprometido de combinar dos vidas humanas, con sus diferencias personales, en una relación sólida. Estas diferencias a veces pueden parecer estridentes y difíciles de mantener. Sin embargo, antes de que el divorcio se convierta en la única solución que las parejas consideren, deben examinar sus corazones, mentes y actitudes. Las actitudes personales a veces obstaculizan la cortesía común y las consideraciones de compromiso. Las actitudes negativas no deben ser tan generalizadas entre las parejas que no las lleven a aceptar compromisos matrimoniales ni a estar dispuestas a superar sus diferencias. La motivación correcta para que las parejas aborden sus relaciones matrimoniales problemáticas es que hagan del amor el centro de todas sus luchas. El amor les ayudará a comprenderse mejor, les enseñará a vivir juntos y les ayudará a evitar momentos en que el divorcio sea la última palabra.

La historia de amor de Peter y Gloria no es diferente a la de otras parejas casadas. Han enfrentado desafíos y dificultades matrimoniales que pusieron a prueba su compromiso de permanecer juntos.

El vínculo matrimonial es una conexión tanto física como espiritual. A través de este proceso de unión, las parejas reciben la ayuda de la presencia de Dios para construir sus vidas juntos. Independientemente de lo que algunas personas o filosofías puedan aspirar, el matrimonio no siempre es un proceso fácil de fusionar dos vidas en una relación amorosa. El matrimonio no es un formato único para un compromiso exitoso ni es un producto terminado. Es un trabajo en progreso. Es por eso que las parejas necesitan una comprensión profunda de lo que se requiere de la vida matrimonial antes de comprometerse a casarse. El matrimonio es una conexión espiritual sagrada entre hombres y mujeres que no debe tomarse a la ligera ni tratarse con insinceridad. Sus elementos de unión se volverán lo suficientemente fuertes como para que la relación perdure a través de problemas matrimoniales, problemas u otros asuntos. Este vínculo espiritual evitará que las parejas descarten el matrimonio como una mala idea y que el divorcio se convierta en la salida aceptada.

Capítulo 24

"Amor y felicidad"

La relación matrimonial de Oliver y Sandra estaba llegando a su fin. El divorcio parecía ser su mejor resultado. El amor que compartieron como novios de la infancia parecía no haber sido suficiente para mantenerlos juntos. La poca felicidad que compartieron cuando comenzó su matrimonio parecían momentos fugaces de emociones. El amor que deseaban en su matrimonio parecía inalcanzable. Las experiencias de sus vidas pasadas los dejaron con demasiadas incertidumbres y conflictos. Sin embargo, ambos anhelaban ese tipo especial de amor duradero. El tipo de amor que no pondría restricciones ni restricciones en el matrimonio. Necesitaban un amor en el que pudieran confiar y que mantuviera unido su matrimonio. Sin embargo, el pasado infiel de Oliver era a menudo la preocupación y la principal razón de sus conflictos matrimoniales. Aunque no era cierto, a menudo culpaba a Sandra por su comportamiento desviado. Justificaba se autodestruía acusándola de ser infiel, al igual que su anterior esposa. Sandra se sentía atrapada en una relación que necesitaba amor. Independientemente de lo que hiciera o dejara de hacer, él la culpaba de sus malas acciones. El matrimonio se volvió demasiado para que ella pudiera manejarlo pacíficamente. No estaba acostumbrada a ser atacada, maltratada y siempre culpada por sus acciones. Se suponía que él debía ser su ayudante, proveedor, consolador y amante. Ella no quería hacerlo, pero el divorcio parecía ser su mejor salida para encontrar paz, seguridad y alivio.

Dónde nos equivocamos? Esta pregunta válida desafía la ruptura de cada pareja y cada matrimonio roto que parece irreparable. Una de las cosas más fáciles de hacer en matrimonios con problemas o relaciones estridentes es renunciar. No se necesita mucho para renunciar. Renunciar implica darse por vencido. Renunciar no enfrentará lo suficiente los desafíos que amenazan la relación matrimonial. En algunas relaciones problemáticas, se cree que es mejor dejar ir y no permanecer conectado a algo o alguien que no va a ninguna parte. Concluyen que quedarse no vale la pena por los reveses, el abuso o las interacciones improductivas. A veces, es mejor cerrar la tienda, cerrar las ventanas, cerrar las puertas con llave y seguir adelante. A veces, el deseo de reavivar viejas llamas es un error que no mantendrá una luz más brillante. Especialmente si la relación se satura de asuntos negativos, problemas y malos comportamientos. Es mejor dejar un matrimonio roto con es más íntegro que permanecer en una relación plagada de arrepentimientos, decepciones y fracasos.

Las luchas matrimoniales de Oliver y Sandra, que compartieron entre lágrimas de arrepentimiento y decepción, se habían disuelto. La esperanza en su matrimonio parecía una causa perdida. Estaban listos para rendirse, darse por vencidos, tirar la toalla, dar por terminado el día, divorciarse. Cuando, sorprendentemente, Oliver interrumpió el proceso con una expresión genuina de su amor. Se disculpó. Qué sucedió? Qué cambió? Fue una estratagema? Podría ser real este gesto? Fue como si viera el cielo abierto y el rostro de Dios. Oliver se arrodilló, confesó sus faltas ante Dios y le pidió perdón a Sandra. Le pidió otra oportunidad para demostrarle su amor y cuánto la valoraba como esposa. Reconoció que la necesitaba en su vida. Extendiendo la mano, la tocó y se comprometió a no soltarla nunca. Además, prometió amarla y nunca más compararla con nadie. Sus promesas se convirtieron en una oración de aceptación. Quería que Sandra creyera en él y en su amor por ella. Quería que sintiera la libertad y el deseo de florecer como la mujer hermosa que siempre había imaginado. Sandra sintió compasión por Oliver al escuchar estas amables palabras salir de su boca. Este hombre, Oliver, que la había torturado con burlas y palabras degradantes. De pie y enfrentándose a él, Sandra colocó sus manos suavemente sobre su rostro tocándolo de una manera tierna y amorosa.

Sandra abrazó a Oliver con cariño. Esto le aseguró que lo perdonaba y aceptaba su amor. Le dejó claro que todo lo que siempre había deseado era su amor. Su verdadero amor. El amor que recordaba haberle dado años atrás. Su amor genuino, que moldeó su corazón para saber lo que era el amor verdadero. Admitió que nunca quiso divorciarse de él. Lo quería en su vida para siempre. Sentía que el principal problema que afligía su matrimonio eran sus esfuerzos por demostrarle que podía darle el mundo. Su obsesión estaba motivada por la sensación de tener que competir con su difunto esposo. Aunque su difunto esposo la hacía sentir como una reina, ahora ella era suya y podía ser convertida en reina. El difunto esposo de Sandra, durante su vida, hizo algunas inversiones inteligentes que lo convirtieron en un hombre muy rico. No era rico, pero tenía suficiente dinero para vivir cómodamente y viajar. Por lo tanto, Oliver, sintiendo la presión competitiva, intentó mostrarle a Sandra que él también podía colmarla de regalos, cosas y tener acceso a mucho dinero. Quería que ella supiera que podía darle todo lo que deseaba. Y, más importante aún, quería que se sintiera segura y amada.

Sandra intentó a menudo convencer a Oliver de que no buscaba cosas que la hicieran feliz o completa. Ella Buscaba a un hombre que la amara y la apreciara. Oliver, con la cabeza apoyada en su pecho, lloró de alegría. Confesó que su matrimonio anterior lo había destrozado en muchas dudas, amargura y resentimiento. Por lo tanto, no estaba seguro de poder confiar su corazón a nadie para que lo arreglara y lo volviera a armar. Se había sentido engañado muchas veces por mujeres intrigantes que pretendían ser la prioridad número uno en sus vidas. Solo para descubrir más tarde que estas mujeres lo querían para sus propios placeres, su dinero, sexo ocasional y una casa a la que pudieran acudir cuando lo necesitaran. Estas relaciones lo dejaron anhelando satisfacción, plenitud y el amor de una mujer en la que pudiera confiar. Su búsqueda fue vacía e inútil hasta el día en que Sandra regresó a su vida. Su presencia e implicación en su vida lo cambiaron. Su espíritu brillante y su personalidad agradable trajeron luz a su mundo. Sin embargo, su respuesta a su influencia positiva hacia él se encubrió de cautela y reserva. No sabía qué podía o debía hacer para demostrarle su aprecio por ser la mujer que tanto anhelaba tener en su vida. En cambio, la colocó junto a todas las demás mujeres decepcionantes que había conocido. Por suerte para Oliver, la verdad sobre Sandra le abrió los ojos. Era real, auténtica y honesta. Podía confiar en ella. Podía confiar en su amor. Ahora podía apreciar a esta hermosa mujer por ser su esposa y el amor de su vida.

Sandra fue la vida renovada de Oliver. Ella trajo de vuelta a su corazón y mente el amor con recuerdos preciosos. Aunque la conocía de casi toda su vida, por primera vez la vio como algo más que una persona que conocía. Ella era la mujer para él. La mujer que podría llenar todo el vacío en su corazón. Sandra, pensó, era la mujer para él. Aunque cometió el error de dejar a Sandra por otra mujer de rostro bonito, pronto se dio cuenta de que la verdadera belleza va más allá de ser bonita. La mujer de rostro bonito de Oliver lo dejó. Su desafío fue alejarlo de Sandra. Habiendo ganado esta batalla de tira y afloja contra Sandra, esta hermosa mujer pronto se cansó de Oliver, lo dejó en busca de otro hombre que llamó su atención.

Con el corazón roto y angustiado, Oliver estaba dispuesto a renunciar al amor. Su actitud resuelta se convirtió en una de esas: sus intereses amorosos se convertían en los mismos que los de las mujeres que jugaban con su afecto. Estaba dispuesto a fingir en el amor, a ser engañoso en la práctica y a mentir sobre un futuro planeado con ellas. Sin embargo, cuando Sandra llegó a su vida, todo cambió para él. Su forma de pensar sobre las mujeres cambió. Lo que vio en Sandra lo impulsó a ser mejor. Necesitaba a alguien que lo ayudara a ser mejor. El amor de Sandra lo revitalizó.

Sandra nunca se olvidó de Oliver. Incluso después de que él la abandonara por otra mujer. Herida y confundida en cuanto a por qué terminó su relación. Ella no sentía nada más que dolor. Sin embargo, el amor de Sandra por Oliver no permitiría que esta ruptura le impidiera preocuparse por él. Esta mujer que se había convertido en un pensamiento lejano en su vida amorosa, ahora se había convertido en la mujer que necesitaba una vez más. Necesitaba lo que ella más le ofrecía, su verdadero amor. Oliver se dio cuenta de que el corazón bondadoso y la personalidad amorosa de Sandra eran necesarios para reparar su corazón roto. Sandra se arrodilló amorosamente junto a Oliver y abrazó este momento que cambió su vida con él. Dios en este momento cambió la amargura de un hombre en bondad. Cambió a un amante inseguro en un hombre fiel que amaría a su esposa. Debido a este momento que cambió la vida en la vida de Oliver, ajustó su actitud hacia Sandra. Le pidió perdón. Abrazó un nuevo concepto hacia la asociación que incluía a Dios. Estos muchos cambios fueron las principales razones por las que su matrimonio fue restaurado. Oliver, mientras estaba de rodillas, inclinó la cabeza en humilde sumisión a Dios. Dio gracias porque Dios lo había bendecido con otra oportunidad de tener amor, alegría y paz. Estaba agradecido de que su hogar ya no estaría vacío, roto ni fracturado. Comprendió que este era un momento epifénico en su vida. Este cambio espiritual que lo había invadido sanó su dolor matrimonial. Dios le brindó alivio a través del amor de Sandra. Este cambio le dio la confianza para liberarse de sus inseguridades matrimoniales. Fue el amor y la bondad de Sandra lo que le dio fuerza a Oliver para afrontar sus debilidades y defectos. La autoestima y la valía personal de Oliver se vieron profundamente dañadas por su anterior relación matrimonial. La confianza se convirtió en un obstáculo. La presencia de Dios en sus vidas permitió a Oliver y Sandra restaurar y reparar su matrimonio roto. Dios sanó la imagen dañada de Oliver a través del amor de Sandra.

Oliver siempre había considerado a Sandra una mujer hermosa. Sin embargo, no fue hasta entonces que se dio cuenta de que su belleza era un reflejo genuino de su persona y personalidad. Sandra no era egocéntrica ni vanidosa por su belleza. No creía que la belleza fuera algo para llamar la atención; en cambio, creía que cada mujer debía ser valorada por sí misma. No le importaba que la elogiaran por su belleza, pero no buscaba ni esperaba que se la dieran. La realidad para ella era que el rechazo la había llevado a no considerarse físicamente atractiva. Fue su fe en Dios, no su apariencia física, lo que le dio la confianza para creer en sí misma. Su fe en Dios la ayudó en momentos difíciles y problemáticos. La bondad de Sandra a menudo se veía o sentía a través de su humildad. No era inusual que considerara más a los demás o que les permitiera ir por delante de ella. Nunca comparó su apariencia con la de otras mujeres. La belleza no era su vanidad. Sin embargo, Sandra, esta hermosa mujer, le brindó a Oliver su genuino cariño, sinceridad y una nueva perspectiva.

Sandra reconoció que este tiempo compartido entre ellos era sagrado. No se necesitaban palabras. Ella se acercó a él y lo abrazó con sus brazos amorosos. La sonrisa en su rostro afirmó el hecho de que ella era consciente de que algo había cambiado dentro de él. Su esperanza sería que este cambio uniría sus vidas nuevamente. Las preguntas que necesitaban responder sobre su relación matrimonial eran: "¿Dónde nos equivocamos?". Sin embargo, estaban agradecidos por la oportunidad de restaurar su matrimonio. Esto significaba permitir que Dios tuviera un lugar especial en su matrimonio. Con la presencia de Dios en su matrimonio, Él podría ayudarlos a amarse mejor y conectarse el uno con el otro. La presencia de Dios les daría la fuerza necesaria para reparar lo que estaba roto. Debido a esta conexión renovada, su amor se reavivó. Se comprometieron a nunca volver a usar, aplicar o hacer eco de la palabra divorcio.

La relación matrimonial de Oliver y Sandra sirve de ejemplo para otras parejas que consideran el divorcio. Los conflictos matrimoniales, sin consideraciones amorosas, pueden llevar a la separación. Su matrimonio restaurado demuestra que la esperanza de renovación puede evitar que el divorcio sea la última palabra. Es sobre esta base que las parejas casadas que buscan soluciones a sus relaciones problemáticas deberían considerar cuál sería el mejor resultado para sus matrimonios. El divorcio no debería ser la única solución a considerar. Relaciones matrimoniales fortalecidas Comencemos afirmando que el matrimonio es una unión espiritual. El matrimonio fue ordenado por Dios para ser una relación para toda la vida entre un hombre y una mujer. Después de crear a la primera pareja, Adán y Eva, en esta santa unión, Dios les ordenó: «Fructificad y multiplicaos» (Génesis 1:28a). Por lo tanto, si el matrimonio se percibe como una unión santa al unir a las parejas, estas abrazarán el amor de Dios y permanecerán juntas.

Capítulo 25

"Superando los conflictos"

Desafortunadamente, muchas parejas en matrimonios con problemas han aceptado el divorcio como su única opción. En sus condiciones actuales, carecen de paz, amor o seguridad. Estas relaciones han sufrido, en numerosas ocasiones, lesiones personales, abuso mental degradante, dificultades físicas, conflictos y otros comportamientos inaceptables. Los matrimonios de estas parejas con problemas ya no se asemejan ni reflejan las relaciones que una vez se concibieron como compromisos amorosos. Los conflictos matrimoniales a menudo traen desánimo personal, desánimo y el deseo de renunciar para escapar del dolor del fracaso. Los conflictos por sí solos no reflejan lo que los matrimonios debían ser. El matrimonio nunca se concibió para ser una carga opresiva ni una cadena de desesperación para las parejas comprometidas. Por lo tanto, ni la persona ni la pareja que vive en matrimonios abusivos debería ser requerido, alentado, exigido o esperado que permanezca en dicha habitación.

Abuso! Ya sea físico, mental, psicológico o espiritual, debe identificarse y nombrarse por lo que sigue siendo: abuso! No! No debe tolerarse ni aceptarse como comportamiento normal en ningún nivel de interacción humana. Los hombres y las mujeres que comparten relaciones amorosas necesitan corazones compasivos, no terror abusivo. Por esta razón, solo los hombres y las mujeres que deciden casarse deben saber que el concepto matrimonial para las parejas es que se fortalezcan, no que se destruyan ni se destruyan mutuamente. El matrimonio es el compromiso con el amor compartido que les brinda alegría y satisfacción.

El matrimonio es un esfuerzo concentrado que une al hombre y a la mujer en un abrazo de amor eterno. Es una unión forjada por lazos comunes de visiones compartidas. Es una sociedad que construye relaciones basadas en el concepto sagrado de que el amor debe ser valorado. Es una unión alegre que prospera cuando las parejas se dedican con amor a ser dignas de amor. Cada momento de amor en la relación matrimonial se convierte en un recuerdo preciado y compartido. La felicidad y la risa llenan el ambiente de sus hogares. Las visitas se sienten bienvenidas.

Un hogar feliz surge en los matrimonios donde las parejas dedican tiempo a amarse. Un matrimonio feliz permite que cada uno sea él/ella mismo/a. La felicidad brindará el dulce espíritu de aceptación sin necesidad de esforzarse por replantearse las cosas, rehacer o cambiar a cualquiera de los miembros de la pareja. Un hogar feliz es donde las personas se preocupan lo suficiente por el otro para ser felices.

El matrimonio es un proceso precioso mediante el cual las parejas construyen sus vidas juntas. Es para toda una vida de amor, risas, placeres sexuales y disfrute personal. A través de estas cuatro áreas —comunicación, finanzas, sexo e intimidad, familia y amigos— se han entablado conversaciones para utilizar estos elementos para el éxito y el enriquecimiento matrimonial. Con estos elementos, las relaciones de pareja se forjan en amores duraderos mediante un propósito y un destino compartidos. Estos sugerentes elementos propician el éxito matrimonial cuando las parejas se involucran en el proceso. El amor mantiene a las parejas unidas, espiritualmente guiadas y con los corazones unidos.

Capítulo 26

"Romances tranquilos en arroyos"

Enamorarse es el efecto de las atracciones físicas, los deseos emocionales y las necesidades espirituales de vincularse con alguien. El amor es personal y cambia la vida. Enamorarse es un proceso que hace que el corazón, la mente y el espíritu sean vulnerables a las decepciones emocionales. Se considera natural que dos personas se enamoren. De hecho, culturalmente hablando, se anima a las personas a encontrar a alguien considerado lo suficientemente especial como para asociarse y enamorarse. Sin embargo, por mucho que se enfatice el enamoramiento para la asociación y la relación duradera, muchas parejas a menudo no cumplen con esta expectativa. En cambio, muchos se conforman con palabras dulces sobre el amor y regalos costosos y glamorosos percibidos como actos de amor. Siempre que las parejas se unen sin estar motivadas por el amor, generalmente sustituyen sus momentos insatisfechos con otras cosas de interés. Dichos intereses a menudo se basan en la riqueza, la posición social o las posesiones adquiridas. Esta sustitución de la falta de una relación amorosa se centra en aparentar felicidad. Enamorarse es importante para las relaciones matrimoniales. Es igualmente esencial en la relación personal con Dios. Enamorarse de Dios proporciona el entorno espiritual de la fe, la paz, el amor y la autoestima. Enamorarse de Dios proporciona cualidades espirituales de cuidado y preocupación.

Dios es omnipresente. Está en todas partes al mismo tiempo. No está limitado a un lugar o tiempo específico. Dios está en la iglesia. Está fuera de ella. Aunque no todos los lugares se consideran sagrados, la iglesia es un dominio santo y sagrado. La iglesia es un lugar de reverencia donde el corazón, la mente y el espíritu se renuevan, refrescan y restauran. De manera similar, The Quiet Stream (un lugar espiritual ficticio) se considera sagrado. Este Quiet Stream, un lugar espiritual de refugio, es donde las parejas con problemas y conflictos acuden para encontrar alivio de sus penas, heridas, fracasos y derrotas. Para quienes buscan soledad, es un lugar donde pueden venir a meditar, pensar u orar. Es un lugar de espera donde se produce la restauración, la autoevaluación y la renovación espiritual. Muchas veces, las parejas acudían a Quiet Stream, trayendo sus relaciones rotas y frágiles. A través de lágrimas de arrepentimiento, reafirmaban su sincero amor mutuo. Tiempo en la Corriente Silenciosa impacta el amor mutuo entre las parejas. Brinda momentos íntimos que aportan verdad, significado, propósito y renovación a sus relaciones matrimoniales. La Corriente Silenciosa es espiritual. Consagra la presencia y el poder de Dios para sanar corazones rotos y transformar vidas.

La influencia de The Quiet Stream en individuos o parejas no es un poder que dicte sus comportamientos o acciones. Su propósito es ser un espacio sagrado para momentos de soledad y evaluaciones personales. Se convierte para las parejas en un lugar para el amor renovado, las expresiones genuinas y los momentos íntimos compartidos. Su ubicación no se puede encontrar en ningún mapa. No es un resort ni un refugio de amor al que se pueda acudir corriendo. Sin embargo, es tan real como cualquier lugar donde las personas buscan y encuentran amor, paz y felicidad. Su verdadera ubicación se encuentra en cada corazón donde existe amor. Ayuda a reconstruir y fortalecer las relaciones amorosas en tiempos amargos y problemáticos. The Quiet Stream proporciona restauraciones espirituales. Tiene la capacidad de reparar el quebrantamiento, renovar el optimismo y oponerse a las actitudes que buscan destruir las relaciones.

El Arroyo Tranquilo se encuentra en una gran variedad de lugares sagrados, como un lugar de oración personal, un altar de iglesia, una capilla de catedral o un dormitorio con amor. Lugares donde se puede encontrar gente que busca amor y felicidad. Sin embargo, para quienes se niegan a creer o aceptar la necesidad de tener a Dios en sus relaciones, no es más que una fantasía.

Aquellos que buscan usar su presencia para la gratificación personal o sensual solo encontrarán imitaciones de amor con promesas vacías de felicidad. Sin embargo, aquellos que entienden la importancia de tener la presencia de Dios en los matrimonios reciben amor y plenitud en The Quiet Stream. A través de la presencia de Dios y los principios espirituales aplicados, las relaciones con problemas podrán soportar períodos de desacuerdos, decepciones y disgustos. La presencia de Dios en los matrimonios brindará apoyo a las parejas durante tiempos matrimoniales problemáticos, divisivos y confusos. The Quiet Stream siempre ha sido el lugar donde se reunían las parejas que buscaban sanación espiritual. Desde las garras de las relaciones rotas, las imágenes propias dañadas y la necesidad de sentirse amado, su poder para sanar y liberar sigue siendo el imán de la atracción. Siempre ha sido el lugar donde la intimidad espiritual profundiza el amor compartido. The Quiet Stream brinda a las parejas momentos íntimos y oportunidades para que celebren el amor, la alegría y las segundas oportunidades.

El Arroyo Tranquilo siempre ha sido el lugar donde las parejas compartían momentos espirituales, meditaciones y renovaron sus relaciones amorosas. Peter y Gloria fueron una de esas parejas que se sintieron atraídas por este lugar. Fue aquí donde se conocieron, disfrutaron de los momentos y se enamoraron. Su relación amorosa se convirtió en un ejemplo del Arroyo Tranquilo para las parejas que atraviesan dificultades matrimoniales. La historia que compartieron sobre la influencia del Arroyo Tranquilo en sus vidas les dio razones. confiar en el amor y ser amados de nuevo. Con el corazón roto y desanimado, a menudo hablaban de cómo estar en la Corriente Tranquila había enmendado sus mentes atribuladas, sanado sus corazones rotos y restaurado su deseo de una compañía amorosa. El método de renovación espiritual y matrimonial de la Corriente Tranquila proporcionó a muchas parejas segundas oportunidades para el amor y el éxito. Las segundas oportunidades no siempre están disponibles ni se consiguen fácilmente. Especialmente, después de que las parejas han sido expuestas a la infidelidad, han luchado con la deshonestidad, se han sentido traicionadas y han tenido que tolerar otros dolores matrimoniales. Para muchas parejas, el divorcio ha sido el resultado sugerido.

Capítulo 27

"Second Chances"

Las segundas oportunidades a menudo se refieren a oportunidades dadas para corregir errores, ajustar condiciones adversas, cambiar comportamientos no deseados y demostrar mejores perspectivas situacionales. Los matrimonios con dificultades que aplican influencias espirituales y principios piadosos cuando se involucran en batallas por la supervivencia, a menudo crearán segundas oportunidades para sí mismos. Los amantes de corazón verdadero son valiosos y confiables. Los amantes de corazón falso están llenos de engaño. Es por eso que elegir a alguien para amar requiere más que apariencias externas o lenguajes de amor suaves. Las apariencias externas por sí solas no cumplirán el deseo espiritual de relaciones amorosas. Las relaciones amorosas que vale la pena entablar y mantener están gentilmente templadas con amabilidad, ternura, devoción y respeto personal. Podría ser que la persona que ves no sea la persona real que aspiras a conocer, amar y adorar.

Más bien, esa persona podría ser un amante deshonesto cuyo motivo es robarte la esencia de tu ser y dejarte anhelando el amor verdadero. Sus verdaderas intenciones, antes de conocerla, podrían ser engañarte para obtener placer sexual. Este tipo de persona te mostrará una falsa imagen de verdadero amante para no revelar su verdadera motivación. Este impostor de amor te engañará hasta después del matrimonio.

Las relaciones duraderas no suelen estar asociadas con compromisos rápidos. El amor duradero suele estar sazonado con paciencia. Esta paciencia amorosa permite a las parejas conocerse antes de comprometerse. Esta paciencia amorosa hará que disfruten de tomarse de la mano y compartir risas antes de besarse. Esta paciencia amorosa esperará en los viajes cortos antes de hacer planes a largo plazo. Esta paciencia amorosa buscará afecto verdadero antes de tener momentos sexuales. Por eso, la paciencia debe ser la guía de precaución de los amantes al construir relaciones duraderas. Conocer a una persona requiere saber sobre ella. Conocer a una persona implica aprender sobre sus gustos y disgustos. Comienza con conversaciones honestas y explicaciones compartidas. Es el proceso de amar y ser amado. Tener buen carácter habla muy bien de la persona. Suele reflejar si esa persona es auténtica, honesta, respetuosa y amable. Conocer a la persona buscar el amor y el afecto es importante porque necesitas saber si puedes confiar en el amor prometido. Por lo tanto, las parejas deben ser pacientes en su relación para que el amor los abrace y el matrimonio se convierta en su meta. Un matrimonio con un compromiso a largo plazo debe estar profundamente arraigado en la verdad y el amor genuino.

Sentir atracción por una persona, estar cerca de ella, conocerla de cerca e incluso haber compartido momentos íntimos con ella no garantiza que la conozcas de verdad. Las personas suelen mostrarte lo que quieren que veas y sepas de ellas. Solo revelarán lo que les da seguridad. Sin embargo, cuando se revelan secretos negativos sobre la historia de una pareja, las decepciones harán que dudes de si realmente la conoces. Cuando los secretos se basan en engaños, los matrimonios se convierten en relaciones problemáticas y tensas.

Una forma segura de evitar que los matrimonios se conviertan en una relación pretérita es que las parejas, durante el noviazgo, sean pacientes y se conozcan mutuamente. Aprendan de sus rasgos, hábitos, irritaciones e inquietudes. No permitan que las suposiciones arruinen la belleza de amar a la persona con la que están. Cada persona debe buscar conocer los diversos estados de ánimo de su pareja y saber cómo reaccionar ante los cambios de humor, ya sea que el estado de ánimo requiera momentos de tranquilidad o fuertes gritos, que pueden atribuirse al estrés o al cansancio enojo o resentimiento. En cualquier caso, quizás el mejor remedio sea brindarle a su pareja atención íntima y/o tiempo personal. Es necesario que las parejas conozcan los estados de ánimo de su pareja y respondan adecuadamente. Esta comprensión evitará malentendidos que puedan provocar reacciones inapropiadas en la otra parte. Esta consciencia servirá como mecanismo adecuado para evitar o generar conflictos, altercados o palabras hirientes.

La comunicación acorta la distancia entre estar informado y desinformado sobre la persona que ha conquistado tu corazón, conmovido tus sentimientos y despertado tus pensamientos más íntimos. Esta comprensión te permite apreciar a quien llena tu corazón vacío con tiernas palabras de bondad y entrañables abrazos de amor. La comprensión sigue siendo el elemento principal para mantener a las parejas casadas unidas con amor.

Capítulo 28

"Cuanto más me acerco a ti"

Las parejas que se esfuerzan por restaurar la alegría en sus matrimonios dañados o reparar relaciones rotas deben estar dispuestas a compartir este camino juntos, reenfocando su tiempo y atención el uno en el otro. Necesitan espacios tranquilos y personales para resolver las cosas. Estos espacios pueden incluir retiros en pareja, escapadas románticas, vacaciones largamente esperadas o simplemente momentos privados juntos. Si no se realizan esfuerzos intencionales para cambiar perspectivas, puntos de vista, resultados de fracasos pasados, heridas y decepciones, estas imágenes de tristeza seguirán siendo obstáculos en este proceso de restauración. A menudo, la ruptura y el desamor son entidades dolorosas y difíciles de superar o dejar ir para las relaciones. Sin embargo, la restauración se logra mediante los esfuerzos voluntarios de las parejas para sanar sus corazones rotos.

La música y las canciones siempre han sido formas de dar a conocer los sentimientos, el dolor y la pena para la recuperación y la sanación de corazones. Entre los muchos canales utilizados para abordar los corazones rotos se encuentra el impacto de las canciones. El cantante y compositor británico Robin Gibbs, del grupo de canto de los hermanos Bee Gees, abordó la cuestión de sanar el corazón roto en esta canción, "How Can You Mend a Broken Heart". La canción incluye estas palabras: "Puedo pensar en días de juventud cuando vivir por mi vida era todo lo que un hombre podría desear hacer. Nunca pude ver el mañana. Nunca me hablaron del mañana. Y cómo se puede sanar un corazón roto? Cómo se puede evitar que llueva? Dime, cómo se puede evitar que brille el sol? Qué hace girar al mundo? Cómo se puede sanar a este hombre roto? Sí, cómo puede un perdedor ganar alguna vez? Por favor, que alguien me ayude a sanar mi corazón roto y me permita vivir de nuevo".

Las parejas que buscan ayuda para restaurar el amor, la paz y la felicidad en sus matrimonios suelen buscar opiniones y sugerencias. Suelen descubrir que las opiniones, y todos tienen una o dos, les brindan poca ayuda para resolver sus problemas matrimoniales. Quienes buscan opciones distintas al divorcio suelen recorrer muchos caminos en busca de soluciones antes de darse cuenta de que la presencia de Dios en sus matrimonios sigue siendo la mejor opción para la restauración matrimonial. Los matrimonios que aplican los principios divinos de amor, deber, respeto y compañerismo encuentran fortaleza para sobrevivir en la palabra de Dios. Este apoyo espiritual no los excluye de las mismas luchas que enfrentan quienes ignoran a Dios. Les da la seguridad de las promesas de Dios de ayudarlos, guiarlos y apoyarlos en sus dificultades. Las relaciones matrimoniales se fortalecen con el amor y el deseo de complacerse mutuamente. Estas relaciones de amor tan estrechas les brindan la capacidad de superar cualquier desafío, prueba, lucha u oposición que enfrenten. Los acerca en mente, corazón y espíritu, creando un vínculo de amor.

La ganadora del premio Grammy, Roberta Flack, junto con Donny Hathaway, en su balada romántica, "The Closer I Get to You", ofrece aliento a los amantes de todo el mundo que no solo quieren amar a la persona con la que están, sino que también saben cómo permanecer con ese ser amado. Las palabras de su popurrí incluyen lo siguiente: "Cuanto más me acerco a ti, más me haces ver. Al darme todo lo que tienes, tu amor me ha capturado. Una y otra vez intenté decirme a mí misma que nunca podríamos ser más que amigos y todo el tiempo en mi interior supe que era real, la forma en que me haces sentir. Acostada aquí a tu lado, el tiempo parece volar. Necesitándote más y más, demos una oportunidad al amor. El amor crece más dulce que el más dulce y el cielo está allí para aquellos que engañan los trucos del tiempo, con los corazones del amor encuentran el amor verdadero de una manera especial. Cuanto más me acerco a ti, el sentimiento me invade, acercándome más, dulce como la gravedad para tú. Cuanto más me acerco a ti, más me haces ver. Al darme todo lo que tienes, tu amor me ha cautivado.

Amor! Amor verdadero! Amor enérgico! Amor duradero! Estas expresiones nos ayudan a saber y comprender que el amor es más que momentos de placer. El amor es más grande que sentimientos de éxtasis. El amor es más perdurable que los pensamientos sentimentales. El amor es la pasión que motiva los momentos vividos, compartidos y atesorados juntos. El amor es el elemento perdonador en los matrimonios que han ido mal. Es la red de salvamento que atrapa y reserva momentos valiosos. Es un razonamiento sustentador que pasa por alto el dolor y oculta una multitud de fallas. Los matrimonios, inmersos en el amor, no están aislados de los problemas y las dificultades. Como con todas las demás relaciones, encontrarán luchas y dolores de crecimiento. Sin embargo, las diferencias entre los matrimonios saturados de amor y los matrimonios por razones distintas al amor es que cuando surgen los problemas, el amor mantendrá unido a un matrimonio, mientras que el que carece de amor querrá salir. Lo dejarán.

Las parejas motivadas por el amor se esfuerzan más, trabajan más y se sienten más seguras. Los matrimonios a largo plazo requieren un compromiso lleno de amor genuino y afecto sincero. Cuando los matrimonios se basan en la atracción externa, la apariencia física o la riqueza, y no en el amor, las parejas en tiempos difíciles se verán tentadas y presionadas a renunciar. Los matrimonios fortalecidos por el amor pueden superar momentos difíciles..

Capítulo 29

"Matrimonios Confirmados"

Peter y Gloria se amaban. Este amor les ayudó a evitar que su matrimonio terminara en divorcio. Aunque sus muchas luchas los incitaron a terminarlo todo, tales luchas les enseñaron a valorar y amar su matrimonio. Aprendieron que tener un buen matrimonio no aislará a las parejas de conflictos personales, problemas problemáticos o dificultades financieras. Tampoco evitará que el descontento se convierta en comentarios negativos, culpas enfocadas o acusaciones hirientes. No evitará que los chismes tontos interrumpan los momentos apasionados de intimidad. Estos disruptores matrimoniales tienen el propósito de erosionar los sentimientos de alegría, paz y felicidad de las parejas y dejarlas vacías de amor. Cuando estos y otros sucesos volátiles ocurren, lo más fácil es buscar una salida a las relaciones. Llegó un momento en el matrimonio de

Peter y Gloria en que tales tentaciones renunciar o darse por vencido fueron consideraciones serias. Podrían haber renunciado, divorciado, tomado caminos separados y justificar su decisión diciendo que lo habían intentado. En cambio, eligieron luchar con sus problemas matrimoniales y permanecer juntos. No fue porque fueran tan fuertes que no necesitaran nada ni a nadie. Tampoco estaban tan decididos a que funcionara como para no dejar que su relación terminara o que su matrimonio fracasara. Fue porque reconocieron sus debilidades e incapacidad para sostener su matrimonio y el amor compartido. Fue en ese punto de comprensión que buscaron ayuda de consejeros. Descubrieron que era el amor de Dios en su matrimonio lo que más necesitaban. Después de seguir el consejo de consejeros espirituales, acordaron que fue Dios quien los unió. Si iban a durar, la presencia de Dios sería necesaria para mantenerlos juntos.

Había llegado el momento de otro seminario-taller financiero, que nuevamente sería impartido por el reverendo Jerry Seay. Peter y Gloria recibieron invitaciones personales para asistir. Habiendo asistido al seminario anteriormente, eran invitados especiales. Recordaron cuánto se beneficiaron de su primer seminario. Les ayudó a comprender el valor de lograr la independencia financiera. Aceptaron con gusto asistir. Recordaron lo importante que era para ellos aprender los beneficios de la administración financiera. Peter y Gloria, sabiendo lo útil que es esta información financiera para los matrimonios con dificultades, invitaron otras dos parejas los acompañaron. Las parejas invitadas eran Stan y María, junto con Oliver y Susan. Peter y Gloria estaban emocionados de que sus nuevos amigos los acompañaran.

Tras llegar al seminario, Peter y Gloria se dieron cuenta de que esta vez la estructura era diferente. Su primer seminario se desarrolló en un auditorio. El público se sentó cortésmente en sus asientos y tomó notas mientras el conferenciante hablaba y presentaba la información. Esta sesión se estructuró para la participación interactiva en grupos pequeños. En estos grupos, se instruyó a las parejas para que centraran sus discusiones y temas en cómo organizar, priorizar y administrar eficazmente sus finanzas domésticas. Antes del seminario, los organizadores del evento utilizaron datos recopilados sobre maneras efectivas de realizar seminarios y talleres para brindar un mejor servicio a los asistentes. La información recopilada indicó que la participación en grupos pequeños beneficiaría de manera más efectiva a las parejas que carecen de suficientes habilidades financieras y de administración del dinero. Si bien las parejas diferirían en su enfoque para adquirir habilidades financieras y de administración, todas compartirían la misma necesidad de comprender el mejor método para la administración del hogar. Los organizadores del evento querían que los participantes del seminario entendieran que los grupos pequeños de discusión no estaban diseñados para que imitaran el matrimonio de otra pareja ni para que decidieran administrar sus finanzas de la misma manera que otros lo hacían. Este seminario interactivo fue estructurado para que las parejas escucharan y conocieran diversas opciones financieras que mejor se adaptaban a sus propias situaciones. Se les advirtió que entendieran que lo que funcionaba bien en el hogar de una pareja no garantizaba que funcionara bien en otros hogares.

El formato de grupos pequeños del seminario resultó ser un método valioso mediante el cual se alentó a las parejas a hablar sobre sus contratiempos matrimoniales y malos manejos financieros. Les dio oportunidades de discutir sus interpretaciones erróneas de la sociedad compartida y su lógica mal aplicada para manejar el dinero. Un problema importante que las parejas revelaron sobre sus experiencias matrimoniales fue su incapacidad para comunicarse efectivamente entre sí. Compartieron sus dificultades para comprender cómo debían vivir y expresarse. Hablaron abiertamente sobre cómo cuestionaron su vida marital. Estuvieron de acuerdo en que quizás sus mayores contratiempos o fracasos considerados que encontraron como parejas estaban tratando de operar sin un plan operativo. El inventor y estadista Benjamin Franklin dijo: "Si no planificas, estás planificando fracasar".

Peter y Gloria no se consideraban líderes del grupo en el que estaban, ni ejemplos matrimoniales a seguir, pero las otras parejas los admiraban. Mientras continuaba la discusión general sobre asuntos matrimoniales en cada grupo pequeño, el reverendo Seay, moderador del seminario, invitó a las parejas del grupo pequeño a participar en un ejercicio específico diseñado para ayudarlos a ser sinceros en sus respuestas mutuas. Primero les pidió a los hombres, con sus esposas de frente, que tomaran las manos de sus esposas entre las suyas y las acercaran más a ellos. Esta cercanía, explicó, debía ser hasta el punto en que los hombres miraran directamente a los rostros y ojos de las mujeres. Peter, tomando la iniciativa, dio el primer paso. Tomó a Gloria de las manos y la atrajo suavemente hacia él. Le sonrió mientras mantenía esa pose. Stan dudó en seguir su ejemplo porque se sentía incómodo. No era el tipo de hombre que mostraba abiertamente su afecto en público. Con vacilación, tomó las manos de María y él también la atrajo suavemente hacia sí. En ese incómodo momento de invasión del espacio personal, notó con amorosa apreciación la suavidad de la piel facial de su esposa. El brillo de curiosidad en sus ojos lo reconfortó en ese entorno incómodo. Por otro lado, para Oliver no fue un problema tomar las manos de Sandra o acercarla a él. Su forma de pensar era que cuanto más unidos estuvieran, mejor sería su vida. Después de estar en esa posición por un corto período de tiempo, Stan y Oliver cuestionaron los próximos movimientos o posiciones para este ejercicio. Peter esperó pacientemente. Después de unos minutos, el reverendo Seay les preguntó a los hombres si estaban cansados de tomar las manos de sus esposas. Estaban satisfechos con solo tomarse de la mano? Podían sus esposas ver o percibir amor y aprecio en sus rostros mientras se tomaban las manos?

Manos? Antes de permitirles responder a estas preguntas casi retóricas, dirigió la atención hacia sus esposas. Damas, preguntó, mientras sus esposos las toman de la mano, se sienten seguras en sus manos? Se sienten amadas o poseídas? Mientras él las toma de la mano, ustedes lo sostienen de vuelta? De nuevo, antes de responder a estas preguntas, piensen en el papel que estas conexiones desempeñan en la consolidación de sus matrimonios. Se apartó para permitir más interacciones grupales.

Las parejas en el grupo pequeño de Peter y Gloria tenían una ventaja sobre algunos de los otros grupos porque se conocían antes de asistir a este evento. Sin embargo, lo que estas parejas necesitaban más eran conversaciones directas sobre cómo convertirse en mejores administradores de sus finanzas. Peter y Gloria agradecieron la oportunidad de compartir con otros lo que aprendieron a través de sus luchas financieras, lo que les enseñó cómo ser mejores administradores de su dinero. No dudaron en enfatizar al grupo la importancia de tener a Dios en el centro de todas sus discusiones y consideraciones matrimoniales. También incluyeron la necesidad de que las parejas tengan fuertes lazos espirituales establecidos entre ellos, para que con la ayuda de Dios, permanezcan juntos. Peter les dijo que cuando él y Gloria lucharon con sus luchas financieras, encontraron fortaleza y apoyo de consejeros cristianos preocupados que los guiaron hacia una administración exitosa del dinero.

Al igual que en el seminario anterior, al que asistieron Peter y Gloria, este también proporcionó a las parejas información financiera valiosa diseñada para ayudarlas a administrar mejor sus finanzas. Es necesario que las parejas comprendan Eclesiastés 10:19, que dice: "El banquete se hace para reír, y el vino alegra; pero el dinero lo soluciona todo" (KJV).

Este seminario proporcionó a los asistentes enseñanzas prácticas sobre principios financieros y la aplicación de pautas espirituales. El reverendo Seay, el conferencista del seminario, continuó enfatizando la importancia de mantener a Dios en todas las discusiones matrimoniales. Les dijo que Dios necesita ser el centro de todos sus planes y planificaciones. Los animó a buscar a Dios para sus vidas personales y la fortaleza espiritual para sus matrimonios. Les dijo que mantener a Dios centrado en el matrimonio era esencial para la comprensión, la cooperación y la capacidad de las parejas para trabajar juntos y mantener sus matrimonios. Les recordó que nunca olviden incluir a Dios en todos sus planes. Nuevamente, señaló que dar era la parte esencial de las ganancias financieras. Afirmó que, contrario a cómo algunas personas pueden pensar acerca de dar y recibir, a diferencia de aquellos que se abstienen de dar a Dios, los beneficios financieros que las parejas pueden disfrutar vienen cuando la clase de dar de Dios se convierte en la primera parte de la administración financiera.

Peter y Gloria eran un ejemplo amoroso de un matrimonio feliz. Otras parejas de su grupo sintieron sentían atracción por ellos al compartir abiertamente sus experiencias relacionales, sus desafíos matrimoniales y su compromiso de permanecer juntos en fidelidad. Su amor genuino, su ternura y la felicidad que expresaban el uno por el otro les resultaban reconfortantes. La unión matrimonial de Peter y Gloria era vista por otras parejas como un ejemplo perfecto de preocupación y cuidado. La relación que mostraban en el grupo estimuló conversaciones sobre cómo mantener el amor en los matrimonios. Mientras conversaban entre ellos, Stan y María buscaban respuestas a la pregunta que había sido como un padrastro en su matrimonio: cómo podían mantener un hogar feliz a pesar de las relaciones rotas.

Mientras Peter comenzaba a hablar sobre el tema solicitado por Stan y Maria, el reverendo Seay, al oír la preocupación, los interrumpió. Tuvo cuidado de no permitir que Peter les diera una respuesta. Conocía las fragilidades de las nuevas amistades y relaciones. Los buenos consejos o sugerencias, incluso los intencionados, de amigos o familiares no cualificados podían acabar o dañar gravemente las relaciones si los consejos dados salían mal o se convertían en la causa del fracaso matrimonial. Por lo tanto, aprovechó este momento para ayudar a Stan y Maria a comprender y comprometerse con sus matrimonios. Los llevó de vuelta al ejercicio personal en el que participaron. Les recordó que el matrimonio es una relación íntima. Las parejas se dañan cuando permiten que los problemas personales creen distancias amorosas y emocionales. entre ellos. El reverendo Seay enfatizó que tener felicidad marital es más importante que los sentimientos o las ocasiones exigentes. La felicidad es un compromiso de encontrar alegría en la vida de la persona que compartes. Esos momentos que son especiales para ti se convierten en sonrisas que te sostienen a través de los ceños fruncidos de la vida. Les recordó que los conflictos maritales o las discusiones acaloradas sobre asuntos y problemas no siempre son indicios de infelicidad o de que la felicidad ya no existe. Los retó a saber que a veces las parejas encuentran más felicidad entre sí después de pasar por dificultades y situaciones tormentosas. ¿Cómo puede ser?, dices. Bueno, en tiempos de dificultad, las personas que se aman, se preocupan mutuamente y quieren construir sus vidas juntos se acercan más. Les dijo que las parejas casadas aprenden mucho el uno del otro cuando resuelven los problemas. Mientras el reverendo Seay continuaba hablando, fue como si una luz despertó en sus rostros. Stan y Maria se miraron con un mayor sentido de aprecio. Empezaron a hablar entre sí de maneras que sugerían que por fin habían captado el mensaje y la comprensión que buscaban. La felicidad que buscaban, la tenían siempre. Sin sentir vergüenza, Stan abrazó a María con fuerza y la besó apasionadamente delante de todos. Después, Stan se volvió hacia el reverendo Seay y le dijo: "Gracias, señor!".

Capítulo 30

"Cuando la hierba no es más verde"

El seminario en grupos pequeños resultó ser un formato productivo y un espacio eficaz para las conversaciones de pareja. Las parejas que asistieron al seminario pudieron compartir sus experiencias y recibir respuestas a preguntas pertinentes sobre su situación matrimonial. Aprendieron valiosos métodos de planificación e ideas eficaces para la gestión financiera. Se introdujo el proceso de networking como una forma de conectar con diversas personas cuyas influencias, habilidades, conocimientos y otras capacidades relevantes, junto con recursos, pueden ayudarles a alcanzar sus metas. También se forjaron y se forjaron amistades. Para Peter y Gloria, este seminario fue mejor que el anterior. La sesión final del seminario fue interrumpida por un anuncio sorpresa. Los organizadores del evento silenciaron a los asistentes, que estaban ocupados recogiendo sus pertenencias preparándose para partir. El líder del evento se disculpó con todos por esta inserción de último minuto, pero creían que esta última presentación valdría la pena para quienes habían asistido al seminario. Se les dijo a las parejas que necesitaban escuchar esta presentación. Desconcertadas por esta actividad de último minuto, estas parejas no pensaron que necesitaran escuchar más de lo que ya habían aprendido. Sin embargo, las parejas regresaron a sus asientos. De repente, una pareja de ancianos entró en la sala y se les presentó. Las expresiones en los rostros de muchas de las parejas cuestionaban por qué tendrían que escuchar a estas personas mayores. Por respeto, les prestaron atención cortésmente.

El anciano habló primero y se identificó como John. Su esposa, a su lado, se llamaba Mary. Les dijo a los presentes que él y Mary habían estado en el seminario toda la sesión observando, escuchando y observando las interacciones de las parejas. Habían esperado hasta ahora la oportunidad de hablar con ellos sobre el amor, el cuidado y el aprecio conyugal. En medio de sus preocupaciones personales por la institución del matrimonio, John y Mary querían que estas parejas escucharan su historia de amor y lo que casi les cuesta su matrimonio. Mary advirtió, con una voz tierna y cariñosa, que las parejas no den por sentado su amor ni permitan que el dinero sea su mayor preocupación. Les dijo que el dinero es necesario para satisfacer las necesidades maritales. Sin embargo, hay otros asuntos y preocupaciones que deben abordar. conscientes de que les afectará y podría destruir sus matrimonios. Les advirtió: "No se dejen engañar por las apariencias. No todas las parejas que parecen felices son tan felices como parecen. Simplemente han aprendido a fingir". John, interrumpiéndolos, dijo: "Pueden pensar que, porque somos mayores, hemos compartido muchos años felices juntos. Bueno, déjenme decirles esto, podría haber sido. Sin embargo, debido a malas decisiones y malas elecciones, principalmente por mi parte, no ha sido así". John hizo una pausa por un largo momento mientras miraba a la audiencia y notó que tenía toda su atención. Aunque muchas parejas en la sesión parecían desconcertadas por toda esta presentación. Peter y Gloria, Stan y Maria, Oliver y Sandra se preguntaban por qué necesitaban escuchar la triste historia de vida de una pareja de ancianos. Se habían inspirado, revitalizado y reenfocado en cómo administrar efectivamente sus finanzas para construir su hogar en el amor. Para ellos, y para muchas otras parejas, escuchar a John y Mary fue como si su entusiasmo se viera ahogado por un pasado ajeno a ellos. John sustituyó el silencio de la sala con un sincero agradecimiento a las parejas del seminario por escucharlos y escuchar sobre su difícil situación amorosa.

Aunque John y Mary llevaban casados (en teoría) más de 40 años, acudieron a esta sesión celebrando su quinto aniversario de matrimonio renovado. John les contó que su matrimonio con Mary se vio interrumpido debido a la infidelidad. Sin embargo, estaban reunidos y reencontrados por la gracia de Dios. "La principal causa de nuestra separación fue la traición a nuestros votos matrimoniales de amor y fidelidad. Hasta que la muerte nos separe." Dijo que estas acciones causaron el desmoronamiento de su relación. Dejó dolorosamente claro que esta separación de Mary lo hacía sentir solo. Era un hombre solitario. Su comportamiento lo llevó a vivir lejos del hogar que una vez estuvo lleno de amor, alegría y felicidad. También hacía que cualquier lugar donde se hospedara se sintiera vacío. Cuanto más pensaba en lo que había perdido a través de las tentaciones lujuriosas, más se llenaba su vida de tristeza, vacío y horas de soledad.

John, lamentando sus experiencias y convicciones matrimoniales, advirtió a los hombres sobre las decisiones que toman. Les dijo que "las malas decisiones suelen traer las peores consecuencias." Confesó que descubrió que se había equivocado al pensar que la vida sería mejor sin Mary, en lugar de estar con ella. Esta decisión lo llevó a dejar a la persona más importante que un hombre desesperado, como él, siempre necesita: una buena mujer y una esposa fiel. John continuó compartiendo su historia de amor, separación y reencuentro. "Verán," dijo, "dejé a mi esposa por otra. Permití que la lujuria de los ojos me hiciera creer que la hierba del otro lado era más verde que la hierba que rodeaba mi matrimonio." Hizo una pausa en lo que podría llamarse un "momento de gestación" antes de hablar.

de nuevo: "Lastimé a mi esposa. Deshonré nuestro hogar. Tomé malas decisiones. Diez años lejos de casa, mi vida pasó de la riqueza a la miseria. Mis nuevos amigos resultaron ser mis peores enemigos. No eran más que sanguijuelas que me robaban toda mi riqueza. Me sentí como el Hijo Pródigo de la Biblia, perdido en tierra extraña."

Mary abrazó a John por los hombros y le susurró al oído: "Cariño, ahora me toca compartir la otra cara de nuestra historia de amor." Se volvió hacia el público y habló con una voz amable, pero a la vez audaz y decidida, con un mensaje cariñoso y consejos matrimoniales. Dijo: "Lo que voy a decir es principalmente para todas las esposas aquí presentes que desean conservar a sus maridos para toda la vida." La declaración de Mary hizo que todas las esposas se enderezaran en sus asientos como si dijeran: "De qué están hablando?." Mary continuó: "Damas, si quieren tener un matrimonio que siempre satisfaga sus anhelos y satisfaga todas sus necesidades, entonces lo que estoy a punto de decirles es importante que lo sepan, lo practiquen y se comprometan. Cuando se trata de su matrimonio, nunca renuncien a su hombre. Sé que algunas de ustedes pueden reírse de este consejo, pero por favor no me malinterpreten sobre la seriedad de lo que estoy diciendo. Quiero advertirles sobre su responsabilidad como esposas de hacer que sus matrimonios duren. No tomen lo que digo a la ligera. Soy vieja, pero ciertamente no estúpida. Tengo tres consejos principales para que consideren. El primer consejo es este: no dejen que su los matrimonios pueden ser controlados por influencias externas que siempre menosprecian a tu hombre o señalan sus defectos. Mi segundo consejo es que no seas de las que se apresuran a sacar conclusiones sin darle la oportunidad de explicar sus acciones. Mi tercer consejo te pide paciencia. Puede llegar un momento en tu relación en que tu esposo parezca perder interés en ti y desviarse hacia otra mujer. Sin embargo, si no te está abusando física, psicológica o mentalmente, no te atrevas a pensar en dejarlo ni a amenazar con irte por esa puerta. Quédate con tu hombre! En cambio, examínate! Qué tan atractiva eres para ti? Si no puedes atraer interés en ti misma, ¿por qué debería él sentirse atraído por ti? Ahora bien, no estoy excusando a los hombres de ninguna manera de cumplir sus votos de amarte, apreciarte, apoyarte y protegerte como sus esposas. No hay nada correcto en hacer lo incorrecto. Cuando un hombre deja a su esposa por otra, es culpable de violar su promesa de amarte para siempre. Él no ha logrado conquistarte en el amor.

Permítanme contarles sobre uno de los días y momentos más desalentadores de mi vida. John y yo llevábamos casados más de 20 años. Éramos felices. Al menos eso creía.

Estábamos construyendo nuestras vidas hacia un futuro próspero donde podríamos relajarnos y disfrutar de la vida cuando envejeciéramos. Sin ninguna advertencia ni indicio de que nuestro matrimonio estuviera en peligro de ser destruido, sucedió. Me dejó desprevenida. Rápido como un rayo, Las cosas cambiaron para mí en ese instante. John vino a mí ese terrible día con lágrimas en los ojos y me dijo que ya no me amaba. Dijo que había encontrado un nuevo amor. Su nuevo interés amoroso era una mujer que, según él, sabía cómo hablarle bien y no cómo derribarlo. Que escuchaba lo que tenía que decir y no siempre le decía qué hacer. Era una mujer que lo acariciaba con ternura y no una cuyo tacto se sentía como papel de lija. Él creía que ella era el tipo de mujer con la que necesitaba vivir el resto de su vida y no una de la que no podía esperar a deshacerse. Entonces me dijo: "Gracias por los recuerdos! Me he ido". Así como así, mi mundo se derrumbó. No tuve la oportunidad de cuestionar las cosas que dijo, lo cual fue una sorpresa. No era consciente de su infelicidad. No sabía que sentía eso por mí. Atónita! Conmocionada! Perpleja! Quería llorar, pero ¿por qué? Cuál sería mi razonamiento? El hombre que amaba y con quien prometía vivir hasta la muerte acaba de irse de mi vida. Cuál sería mi siguiente paso? Qué debería hacer?

Bueno, quiero que sepas que hice lo que siempre hago cuando necesito despejar la mente. Recurrí a la música.

Ese día, la radio estaba poniendo canciones antiguas de Goldie de los Dells, un grupo de rhythm and blues de los años 60. Irónicamente, la canción que sonaba era una de mis favoritas. Se llamaba "Stay in My Corner". Mientras escuchaba esta balada de amor, se me llenaron los ojos de lágrimas. La letra conmovió mi corazón "Si te quedas cariño. Quédate en mi rincón. Me haces sentir tan orgulloso. Quédate cariño, por favor quédate. Al mundo le lloraría mi amor. Cuánto te amo. Cariño, te amo, realmente te amo. Por favor, por favor, por favor quédate cariño. Quédate en mi rincón. Y nunca, nunca te defraudaré. Solo di que te quedarás porque te necesitaré siempre cerca para decirme que me amas. Cariño, me amas, así que cariño quédate. Habrá momentos en los que falle. Necesitaré tu amor para que a veces me consuele. Los días amargos pueden prevalecer, pero solo un beso tuyo los hará dulces. Así que, quédate! Quédate cariño! Quédate en mi rincón". Desafortunadamente para mí, John se había ido y no podía oírme decirle: "cariño, por favor quédate".

El matrimonio es una conexión importante. Me encontré incapaz de funcionar sin mi pareja, de la que entonces me había separado. Me sentía impotente, desesperanzada y sin rumbo. En un momento dado, pensé en hacer lo que él hizo: encontrar a alguien más a quien amar, pero no pude. Mi corazón pertenecía a una sola persona. Mis votos me destinaron al hombre a quien prometí amar.

Por lo tanto, entregué mis sentimientos, afectos y decepciones al Señor. Necesitaba una fuerza mayor de la que poseía. Como resultado de mis esfuerzos por buscar la paz espiritual, pude seguir adelante con mi vida. Comencé a afrontar cada día con una nueva apreciación de mí misma y del potencial que me permitía confiar en Dios para la sanación de mi alma, mente y corazón. Así que, mujeres, les pido que acepten esto. Cuando los problemas entren en sus matrimonios no lo abandones a nada más que a la esperanza. Dale espacio a Dios en tu situación para que repare lo que está roto, fortalezca lo que está débil y confíe en que Él reparará el puente que lo traerá de regreso a casa."

María terminó su parte de la historia con una mirada de cariño hacia Juan. Les pidió a estas esposas que se mantuvieran fieles a sus metas y deseos para sus matrimonios. Las animó a hacerse y responder esta pregunta crucial para el matrimonio cuando sus relaciones enfrenten problemas que destruyan su relación. Esto debe hacerse antes de que cualquier conversación, discusión o decisión de separarse o divorciarse se convierta en la principal excusa matrimonial: "En qué nos equivocamos?".

Las últimas palabras de aliento de Mary fueron así: "Hay muchas cosas que podemos señalar que causaron nuestros problemas matrimoniales, pero aparte de eso, quiero que todos sepan una cosa: amo a mi esposo! Estoy tan feliz de tenerlo de vuelta en casa". John, con lágrimas en los ojos, dijo en voz alta: "Soy un hombre bendecido". Luego reveló a los participantes del seminario el propósito y la razón por los que compartieron su historia de amor, separación y afecto renovado. John dijo a la audiencia: "Permítanme compartir con ustedes la parte más importante de nuestra preciosa historia de amor. No me avergüenza admitir que Mary es el corazón de nuestra relación amorosa. Su amor genuino por mí y su anhelo por una vida mejor han sido una luz brillante que ha sido más fuerte que mi oscuridad como esposo desobediente. Me atrajo a salir de mi situación oscura y regresar a la luz del amor de María. Me guió fuera de la oscuridad y de vuelta a los brazos de María. Algunos podrían llamar a nuestro viaje de renovación un acto del destino. Creo que es un testimonio de la presencia de Dios y del amor comprometido de una esposa por su esposo. No merecía una segunda oportunidad con esta hermosa mujer que me amaba más de lo que yo le demostraba amor a ella o a mí mismo. Sin María en mi vida, perdí todas mis riquezas. Sin embargo, por la gracia de Dios se me dio la oportunidad de vivir una vez más con una esposa amorosa en un hogar restaurado, con un amor renovado, basado en principios espirituales.

Debido a nuestra situación económica, les pedimos este tiempo especial para animarlos a amarse y a amar su matrimonio. Por lo tanto, les ofrecemos a cada pareja una noche especial, a nuestro cargo. Es una invitación para quienes desean mantener su amor en el matrimonio. Se les entregará un cupón con un monto ilimitado para que, a su elección, puedan pasar una velada romántica juntos. El costo corre por nuestra cuenta. Nuestra única petición es que este tiempo sea una oportunidad para compartir recuerdos entrañables que los mantengan unidos. Además, un grupo de ustedes ha sido seleccionado para un crucero de amor de una semana. Les deseamos a cada uno un matrimonio feliz y duradero.

El grupo que hemos seleccionado para ir al crucero será recompensado por ser embajadores del amor y el matrimonio. Durante este crucero, oramos para que sus relaciones se fortalezcan aún más, se comprometan más y se apoyen en el cuidado que se tienen el uno al otro. Que sus vidas se llenen de alegría, amor, risas y longevidad". El pequeño grupo, compuesto por Peter y Gloria, Stan y Maria, Oliver y Sandra, fue seleccionado para este viaje de placer. Todas las parejas en el seminario agradecieron a la pareja de ancianos por su generosidad al despedirse del seminario. El pequeño grupo seleccionado que iba al crucero estaba más que agradecido. Estaban jubilosos. Abrazaron a la pareja de ancianos al salir del seminario.

Parte 5

LA CONCLUSIÓN
"Dilo Como Es"

Capítulo 31

No hay amor como el amor de Dios

El amor es una palabra suave y llena de ternura. Evoca sentimientos de pertenencia, apego y compromiso. Posee un poder amoroso lo suficientemente fuerte como para convertir la tristeza en alegría, hacer que los ceños fruncidos se conviertan en sonrisas y sacar el sol de los días nublados. El amor es la manzana que todo amante busca morder. El amor es el regalo íntimo de Dios para que los hombres y las mujeres lo abracen. No hay amor como el amor de Dios. El apóstol Pablo describió el tipo de amor de Dios de esta manera en 1 Corintios 13:4-8 (NTV): "El amor es paciente y bondadoso. El amor no es celoso ni jactancioso ni orgulloso. No exige lo que quiere. No se irrita ni guarda rencor. No se regocija por la injusticia, sino que se regocija cuando la verdad triunfa. El amor nunca se da por vencido, nunca pierde la fe, siempre tiene esperanza y persevera en todas las circunstancias. La profecía y el hablar en las lenguas desconocidas y los conocimientos especiales serán inútiles. Pero el amor durará para siempre.

Por esta razón, las parejas casadas deberían examinar la pregunta "Dónde nos equivocamos?" desde la perspectiva de determinar si la relación aún tiene margen de recuperación. También debería desafiar a cada pareja que esté pensando en separarse a reconsiderar su enfoque antes de decidir divorciarse. Las respuestas sinceras a esta pregunta a menudo ayudarán a las parejas a tomar las mejores decisiones, si no las correctas. También las liberará de los muchos miedos, dudas, malentendidos y confusiones que han penetrado sus vidas con problemas sin resolver. Sin embargo, el lado positivo de este examen es que las parejas que están dispuestas a arriesgarse a perder sus matrimonios siendo honestas y sinceras suelen cosechar oportunidades que les permiten salvar sus relaciones. También les permitirá un tiempo valioso para restaurar su amor. Las parejas que tienen el coraje suficiente para abordar con honestidad y sinceridad las áreas problemáticas en sus matrimonios generalmente se encuentran liberadas de sus muchos miedos. Este proceso es bueno para todo matrimonio con problemas. Decir todo al pie de la letra puede no siempre dar los resultados deseados, pero aun así es necesario. Es mejor tener una respuesta honesta al principio de la relación que vivir con años de engaño. Las soluciones a muchos de los problemas matrimoniales en cuestión pueden no asegurar ni salvar algunos matrimonios, y algunos pueden terminar en... divorcio. Los problemas que erosionan y dañan las relaciones matrimoniales suelen incluir la infidelidad, la falta de confianza, la infidelidad y las expresiones de amor falsas. En esta etapa de conversaciones y compromisos, para estas parejas, el divorcio parece ser la única decisión.

Las decisiones tienen consecuencias. Las parejas que se casan sin considerar cómo funciona la vida matrimonial sufren las consecuencias de la decepción. Las parejas que explotan los conceptos del matrimonio para obtener beneficios materiales sufren las consecuencias de la desilusión conyugal. Las parejas cuya visión de la vida conyugal es una extensión de una ceremonia nupcial bellamente coreografiada sufren las consecuencias de que la vida no sea un camino de rosas.

El divorcio no siempre libera a las parejas. Las secuelas de los fracasos matrimoniales pueden, en ocasiones, provocar depresión y baja autoestima en algunas parejas. Puede erosionar su confianza futura en cualquier promesa de amor, compromiso o relaciones duraderas. Para algunos, el divorcio puede percibirse como una oportunidad para empezar de nuevo en el amor. Para otros, el divorcio representa el fin del amor o de tener a alguien a quien amar.

A diferencia de quienes han renunciado a invertir en el amor tras el divorcio, debido a las profundas penas, se puede confiar en el amor y los corazones pueden restaurarse. El amor sigue siendo el bálsamo curativo necesario para quienes sufren por fracasos matrimoniales. El amor divino es necesario para mantener Relaciones duraderas. Sin este amor con influencia espiritual, todas las relaciones se vuelven propensas al abuso emocional, el abuso sexual, la lujuria y los sentimientos de vacío. Cuando el amor se define solo por las emociones humanas, los amantes siempre encontrarán decepción al final del arcoíris. El amor verdadero implica una conexión espiritual que hace de Dios el eje central de la experiencia matrimonial. Dios es amor.

El matrimonio fue ordenado por Dios como un vínculo que une al hombre y la mujer. Cuando ocurre un divorcio, significa que las parejas no se mantienen espiritualmente en sintonía con su propósito y sus votos matrimoniales de amarse. Por lo tanto, cuando las parejas llegan a este camino de desconexión, necesitan examinar y preguntarse: "En qué nos equivocamos?".

No hay mayor historia de amor que el sacrificio del Hijo de Dios por los pecados del mundo. Él voluntariamente sufrió humillación, rechazo y abandono para que podamos tener comunión con Dios en la belleza de la santidad. Este amor hizo posible que hombres y mujeres encontraran calor, consuelo y compañerismo en el seno del otro. El matrimonio es una hermosa celebración de esta unión de dos vidas para convertirse en un solo amor. Este requisito de unión espiritual a menudo se sustituye por la buena apariencia, los músculos fuertes y los bolsillos profundos, dejando la relación vulnerable a la posibilidad del fracaso. Sin tener raíces espirituales profundas con el amor en el corazón, las parejas que enfrentan adversidades o disensiones matrimoniales son más propensas a buscar una salida en lugar de razones para quedarse. Estas conversaciones suelen terminar con insinuaciones de divorcio. Cuando las parejas llegan a ver el divorcio como una solución rápida a sus problemas matrimoniales, se dan cuenta de que los acuerdos de divorcio no siempre son un acuerdo de igualdad de oportunidades. A través dc una terapia matrimonial efectiva, las parejas pueden comprender que el divorcio no es una salida gratuita de una relación matrimonial problemática. Por lo tanto, antes de que el divorcio se convierta en la declaración final, cada miembro de la pareja debe estar dispuesto a admitir sus faltas, defectos y deficiencias. Luego, con toda sinceridad y honestidad, pregunten con una respuesta interna a la pregunta «¿Dónde nos equivocamos?". Las parejas que se enfrentan al divorcio deben estar dispuestas a buscar opciones antes de llegar a esta conclusión. El cambio puede ocurrir. Las personas pueden mejorar. Los matrimonios pueden superar momentos difíciles, dificultades financieras y otros problemas matrimoniales. Cuando las parejas se aman y se preocupan genuinamente, descubrirán la energía necesaria en sus matrimonios para intentar reconstruir sus vidas juntos. Antes de la ruptura, las parejas necesitan buscar maneras de reconciliarse. Una forma segura de hacerlo es preguntarse y responderse la pregunta: "En qué nos equivocamos?".

Referencias

BeeGees, Barry, Robin and Maurice Gibbs (1971). "How Can You Mend A Broken Heart" Allmusic:Trafalgar: Charts& Awards: Billboard Albums." Retrieved 5 May 2013.

Dells, The, American R&B vocal group (1965). "Stay In My Corner."

Flack, Roberta (1972). "The First Time Ever I Saw Your Face." Atlantic Recording Corp., 1841 Broadway, New York, N.Y.

Flack, Roberta, & Hathaway, Donny (1978). "The Closer I Get To You." Atlantic Recording Corp., 1841 Broadway, New York, N. Y.

Guest, Edgar Allen (1921). Poem, Don't Quit. British-born, American poet.

Holy Bible, King James Version (KJV). Thompson Chain Reference Bible (2010), B.B. Kirkbride Bible Company, Inc., Indianapolis, In.

Holy Bible, New Living Translation (NLT) 1996. Tyndale Publishers, Inc. Wheaton, Illinois.

Seay, Jerry A., Pastor, Lecturer, Past President of Northwest District Convention, affiliated with Alabama State Missionary Baptist Convention.

Sledge, Percy (1968). R&B vocalist, "Take Time To Know Her." Atlantic Recording Corp., 1841 Broadway, New York, N.Y.

Stylistics (1973). R&B vocalists from Philadelphia, Pa. "Break Up To Make Up." Avco Records Corp. 1301 Avenue of Americas, New York.

Prefacio

Dónde nos equivocamos? Hacia dónde nos dirigimos? Estas preguntas desafiantes a menudo se encuentran asociadas con parejas que atraviesan dificultades en sus matrimonios. Antes de que el divorcio sea la última palabra en sus relaciones, se anima a las parejas a examinar sus intereses, motivos, compromiso e intereses personales para determinar si sus matrimonios pueden restaurarse o mantenerse. El matrimonio es una institución sagrada para las relaciones. Es ordenado por Dios y su propósito es ser una conexión que une y une para toda la vida. Los hombres y mujeres que buscan compañeros de vida con quienes construir sus vidas necesitan saber que el matrimonio no es un proceso de construcción aislado. Hay familiares, amigos y conocidos amorosos y comprensivos disponibles para brindar apoyo y fomentar un desarrollo matrimonial positivo. La fortaleza y la debilidad, así como la durabilidad o el fracaso de los matrimonios, dependen de estos cuatro elementos: Comunicación, Finanzas, Sexo e Intimidad, y

Familia y Amigos. A través de cada una de estas categorías, las parejas deben evaluar el uso adecuado de ellas para su éxito matrimonial. Dónde Qué hacer desde aquí? Es renunciar una opción? Es cobardía quedarse? El divorcio brindará alivio? O traerá vacío y soledad? Las parejas deben decidir si sus relaciones y matrimonios valen la pena invertir el tiempo y la comprensión necesarios para responder íntimamente a la pregunta: "Dónde nos equivocamos?".

Reconocimiento

Este libro está dedicado a las parejas casadas que después de enfrentar muchas oportunidades de dejar la relación, se quedaron y a través del compromiso amoroso repararon lo que estaba roto.